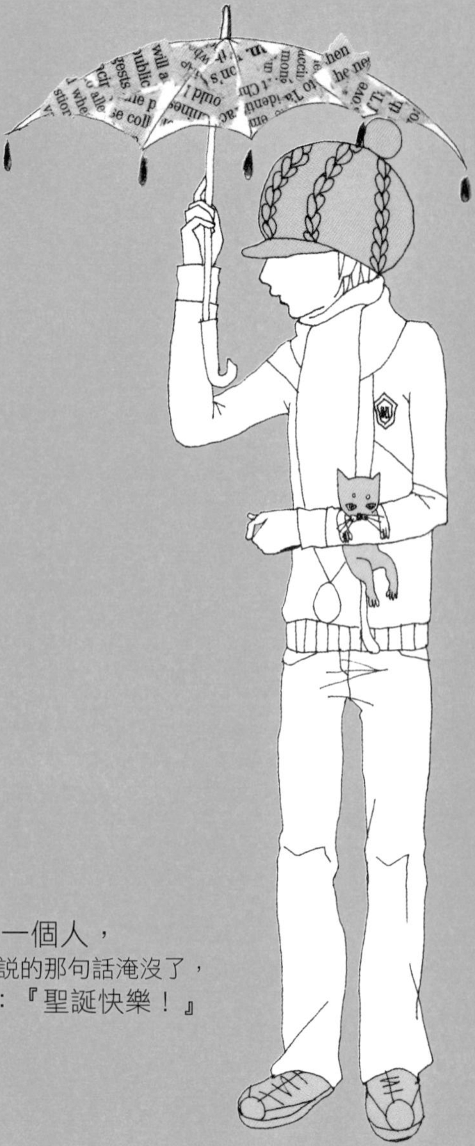

但是，我突然明白
妳喜歡的是另一個人，
決堤的思念，把我原本想說的那句話淹沒了，
我只想跟妳說一聲：『聖誕快樂！』

很久沒見到你了，

這一刻，舊時的感覺又重回心頭，

說不清是習慣還是期待，

在下一刻擁抱我可以嗎？

長夜裡擁抱

AMY CHANG

張小嫻

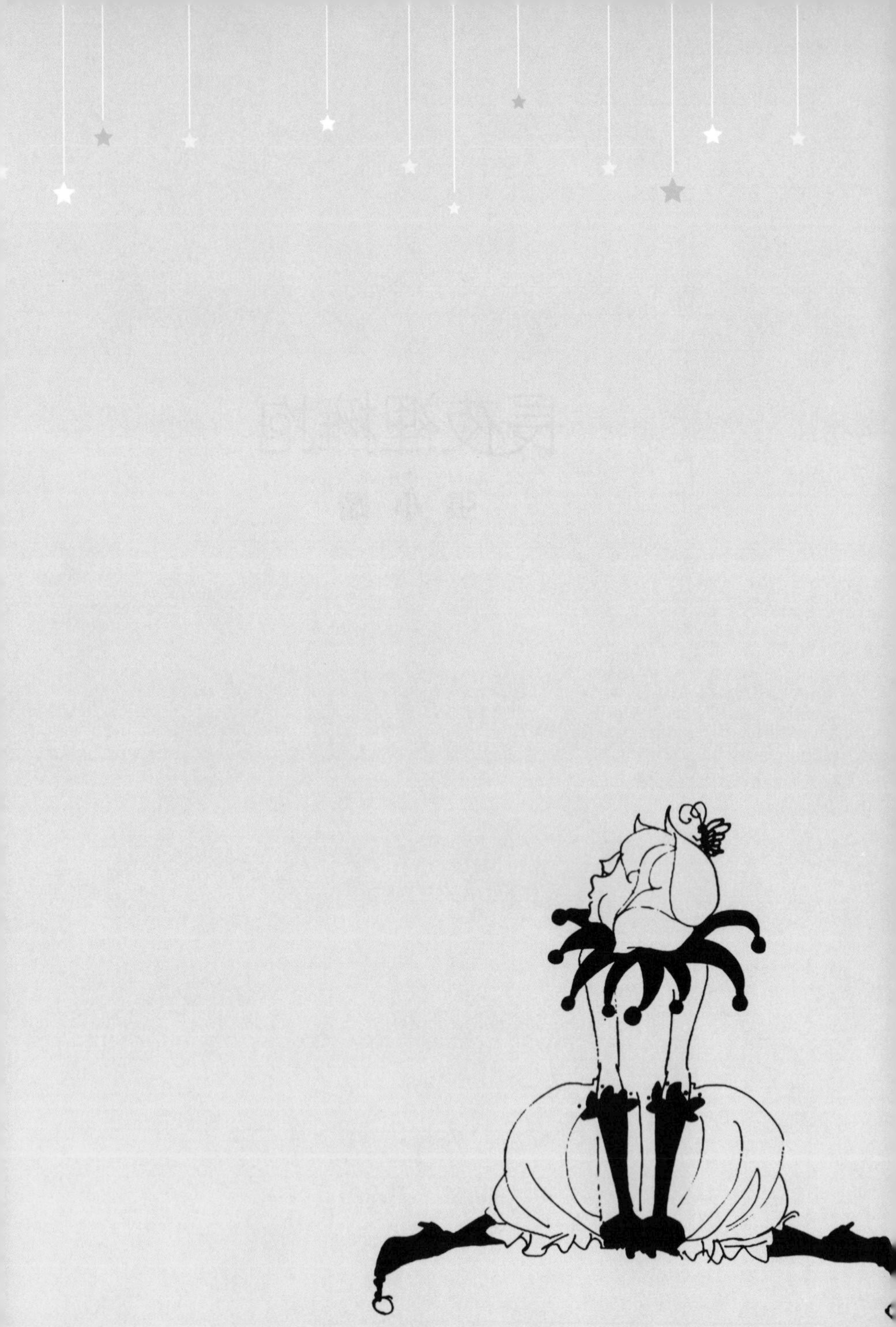

chapter 1

珍美也不明白自己的記性為什麼那麼壞，

比方說，別人都記得童年的點點滴滴，

她的童年回憶卻很模糊，她老是想不起來。

不過，記性不好也有好處。

她很快就不記得誰對她不好，也很快就把不開心的事忘掉。

因此，她的日子過 得 挺 快 活……

『你瘦好多啊！』

『真的嗎？』

『你不相信我，也得相信這些繃帶吧？』

亮著微光的小房間正中央放著一張覆滿白毛巾的窄床，床上躺著一具營養過剩的人形木乃伊，動也不動，看上去至少有兩百磅，圓滾滾的身體和雙手雙腳全都裹著繃帶，僅僅露出一顆渾圓的腦袋和四隻白皙的手掌腳掌。

珍美手上拿著一捲寬繃帶在人形木乃伊肉墩墩的一截小腿上繞上最後一圈。然後，她從身上白色制服的口袋裡掏出一把剪刀把繃帶剪斷，剩下來的繃帶隨手擱在木乃伊的肚子上。接著，她在腳踝那兒把剛剛剪斷的繃帶再一分為二，俐落地打了個漂亮的蝴蝶結，就跟木乃伊的兩個手腕和另一邊腳踝的蝴蝶結一樣互相輝映。

現在，死翹翹的木乃伊看起來像一份大禮物，珍美看著覺得滿意。這些蝴蝶結向來是她的『簽名樣式』，別的同事做這事時只會馬馬虎虎地打個結，但她總覺得躺在床上的這些木乃伊也是有血有肉的啊，該得到多一點的尊重。

珍美轉過身去想要做點什麼的時候，臉上突然露出迷惑的表情，她摸摸自己兩邊口袋，又彎身看看床底下，床底下除了一個放滿毛巾和毯子的木架之外，什麼也沒有。

珍美百思不解地看著自己制服上的口袋，禁不住自言自語：

『剛剛那捲繃帶呢？』

就在這時，床上的木乃伊動了一下，回答：

『在我肚子上。』

珍美看到那捲繃帶了，咧嘴笑笑，抓起繃帶，從口袋裡掏出一本記事簿看了看，說：

『上一次，五捲繃帶你全用光了，可這一次還剩半捲呢。』珍美拿著那捲繃帶在木乃伊的眼睛前方晃了晃。

『天啊！我真的瘦了半捲繃帶！』人形木乃伊興奮地喊了出來，層層疊疊的下巴隨即起了一陣波動。這種木乃伊包紮法是『青春不胖纖體中心』著名的減肥療程之一。人客全身給塗上去脂膏，然後緊緊裹上繃帶，再蓋上電熱毯。

今天這位乖乖被裹成木乃伊的客人胖得挺可愛，白裡透紅的臉上長著一張櫻桃小嘴，三圍曲線也合乎比例，只是每個部分都膨脹了好幾倍罷了。

『這個方法真的挺能排油啊。』胖嘟嘟的客人說。

『就是呀。』珍美一邊為客人蓋上電熱毯一邊說：『聽我們這裡的主管娜娜姐說，每次排出來的油可以炸一包大薯條呢。三次加起來的油就可以炸一隻肥雞！』

『喔，那麼，我可不可以多焗一會？』客人貪婪地問。

『這樣不行啊。龐小姐，熱毯每次只可以焗二十分鐘，否則會有危險的。』珍美又從口袋掏出那本寫滿字的記事簿看著，說：『而且你有點血壓高，心臟也不好。慢慢來吧。好了。你休息一會，我二十分鐘後回來。』

珍美看了看手錶，隨後走出房間，順手把身後的門帶上。

珍美一踏出走廊，就在走廊上碰到正好從另一個房間走出來的佳佳。佳佳身上粉紅色的制服連身裙跟珍美是一樣的，兩個人都是這家纖體中心的初級纖體師。

佳佳一看到珍美就問：

『你背熟歌詞了沒有？』

『我倒轉都會背啊我！』珍美輕鬆地說。

『真的才好。你老是忘記歌詞。』

『這一次應該不會吧？』

『為什麼你這一次一點都不緊張？』佳佳看看手錶說。『比賽還有三個鐘頭就開始了，你每次都緊張得要命的呀。』

珍美張大了嘴巴，拍拍自己的額頭說：

『天啊！我忘了我應該緊張的呀！怪不得我剛剛一直覺得自己好像忘了些什麼。』

佳佳露出一副早已見慣不怪的表情。

兩人走著走著已經走進員工休息室。休息室的一面牆上挨著一排儲物櫃，另一邊是一個用布簾圍起來，給員工更衣用的小隔間，通道上放著一排木椅子。

珍美抓住佳佳的手臂，緊張地問：

『那現在怎麼辦？』

『別怕！我們還有時間練習！』

佳佳一手把珍美推進去那個小隔間。

『你幹嘛？』珍美詫異地問。

『現在就來練習啊！你在後台，我是司儀，待會我叫你的名字你便出來喔。』佳佳邊說邊拉上布簾，把珍美留在裡面。

佳佳從口袋裡掏出一把梳子暫時權充是麥克風，站在小隔間外面，清清喉嚨說：

『各位觀眾，一九九八年度「蘋果綠卡拉ＯＫ」歌唱大賽準決賽現在開始，有請第一位參賽佳麗胡珍美小姐。她的參賽歌曲是王菲的〈如風〉。』佳佳朝小隔間伸出一條手臂。

小隔間裡一點動靜也沒有。

佳佳等了一會，終於按捺不住問道：

『喂，你為什麼還不出來？』

這時，珍美把布簾拉開一些，探頭出來，噘著嘴說：

『我又不是參加選美，我不是「佳麗」啊。』

『對，對，對。是我錯，再來一次！』

珍美把頭縮回去，拉上布簾。

佳佳拿著梳子，煞有介事的說：

『各位觀眾，一九九八年度「蘋果綠卡拉ＯＫ」歌唱大賽準決賽現在開始，第一位出場的參賽者胡珍美小姐，她唱的是王菲的〈如風〉。』

小隔間裡沒有半點動靜。

佳佳扠著腰，沒好氣地朝布簾裡面說：

『這一次你為什麼不出來啊？』

珍美連忙探頭出來回答：

『我不是第一個出場的呀，好像是第七個第八個才輪到我。』

說完，她把身子縮回去。

佳佳撇撇嘴，一手扠腰，一手拿著梳子麥克風說：

『下一位參賽者是胡珍美，她要唱的是王菲的〈如風〉！』

這時，珍美慢慢拉開布簾，從小隔間裡出來，一把剪刀倒過來握著，權充是麥克風，然後張開嘴巴，身體搖搖擺擺的唱起歌來，卻是沒有聲音的。

佳佳定定地看著珍美一會兒，起初還以為自己耳朵出了問題，直到她湊到珍美嘴邊，只見珍美嘴巴不停的開開合合，根本沒唱出聲音來，才問她：

『喂，為什麼沒有聲音？現在是歌唱比賽啊。你搞什麼鬼？』

『我怕娜娜姐聽到啊。』珍美吐吐舌頭，看向門口那邊。

『哎，娜娜姐一個鐘頭之前已經下班了，今天是平安夜嘛。』

『早點說嘛！』珍美張大嘴巴，正想放聲高歌的時候，突然想起什麼似的。她一看手錶，嚇得臉也青了。『糟了！龐小姐呀！』

『你幹嘛？』佳佳問。

珍美慌得答不上來，沒命地奔出休息室，穿過走廊，衝進客人躺著的那個房間。門一開，只見床上那個人動也不動，彷彿已經昏死過去，濕濕的頭髮全都黏在圓腦袋上，臉和脖子冒出滾燙的汗水，眼睛半張著，嘴巴不停的哆嗦。

看到珍美時，她終於吃力地迸出一句話：

『我是不是排了很多肥油出來？』

『當然啦！』這時，佳佳已經跟著來到，幫忙掀開客人身上的電熱毯。

珍美跟佳佳對望了一眼，大大鬆了一口氣。她可是險些兒讓一個胖子從此在這個世界上消失呢。

珍美也不明白自己的記性為什麼那麼壞，一緊張起來，她便什麼也不記得。佳佳就給她起了個花名『大頭珍』。然而，老實說吧，即使不緊張，她的記性也好不到哪裡。比方說，別人都記得童年的點點滴滴，她的童年回憶卻很模糊，她老是想不起來。

不過，記性不好也有好處。她很快就不記得誰對她不好，也很快就把不開心的事忘掉。因此，她的日子過得挺快活。她只要記得每個月要去老人院看看祖母，只要記得佳佳是她最好的朋友，只要比賽時記得歌詞，不是已經夠用了麼？

這會兒，珍美已經把剛剛那幕驚險的『胖女子險死於大意纖體師手上』的事件拋諸腦後，只擔心今晚的比賽。她在休息室裡，對著打開的儲物櫃門上的一面鏡子化妝。

她要化的是一個登台妝。

佳佳上星期替她把長髮染成紅色。珍美的膚色本來就很白皙，在一頭紅髮的襯托下，顯得更粉嫩雪白。她有兩道粗眉和一雙明亮的杏眼。她的兩片厚嘴唇笑或不笑的時候都是微微往上翹的，珍美總覺得自己的嘴巴很怪異，佳佳卻告訴她，她的嘴巴看來很性感，連女人見了都想親一下。

珍美在臉上擦了厚厚的蜜粉，描了粗黑眼線和深藍色的眼影粉，在本來已經又長又彎的睫毛上再黏上誇張的假睫毛，然後小心翼翼的塗上玫瑰紅色的口紅。她一向自問對化妝很有心得，無師自通，最愛參考雜誌上那些歌手和明星的化妝。

『你化完妝了嗎？快來弄頭髮吧！』佳佳站在珍美身後催促她，她旁邊的椅子上已經放著一箱子做頭髮的工具。佳佳一向喜歡研究髮型，不管燙髮、剪髮和染髮，她全都可以做，也替朋友做。

『來了。』珍美乖乖在一把椅子上坐下來，背朝著佳佳。

佳佳首先鬆開珍美腦後的馬尾，然後用一支大梳子把她濃密的紅髮梳順。接著她撩起珍美頭頂的一撮頭髮扭結在一起。

轉眼間，珍美的紅髮全都紮成一個個像火把似的尖尖的小髻，向四方八面伸展開。

佳佳口裡叼著幾個髮夾，拿著一瓶髮膠，不停噴在珍美的頭髮上。

珍美雙手掩著臉，直到聽見佳佳說：『行了！』她才鬆開手，飛快地站起來看看鏡子中的自己。『好漂亮哇！是王菲的「龍珠頭」啊！』她興奮得抓住佳佳的兩條手臂，蹦跳著說：『你很厲害啊！會梳龍珠頭！』

佳佳得意洋洋地說：

『你唱王菲的歌嘛，一定要梳這個頭才像樣！快去換衣服吧！麥基現在就來接我，他答應順路送你過去。』

珍美一聽到麥基的名字，眉頭馬上皺了起來，狐疑地說：

『他？』

『他不是你想的那樣啊！』佳佳說。

珍美沒好氣地瞟了佳佳一眼，邊抓起掛在儲物櫃裡的幾件衣服走進小隔間裡邊咕噥：

『哼！我怎麼想他了？他本來就是那個樣子。』

『他對你挺好呀！是他主動說要載你一程的。今天平安夜，不容易攔到計程車呢。』佳佳邊說邊對著儲物櫃裡的鏡子化妝。她一頭鬈曲的長髮染成啡金色，一張小臉上長著一雙帶點風塵味的丹鳳眼，她瞇起眼睛，描了兩條又粗又黑向上翹的眼線。

『哼哼，你以為我會相信嗎？是你求他載我去的吧？』小隔間裡傳來珍美換衣服的窸窸窣窣的聲音。

『你快點嘛！別要他等！』佳佳拿著一瓶香水不斷噴在自己小小的乳溝上。

2

天色已經變黑了，珍美身上罩著一襲喇叭袖的黑色閃金高領緊身上衣和一條白色塑膠料子、裙頭有大金釦的迷你裙，穿著黑色絲襪的長腿上踩著一雙四吋高的方頭淺口粗跟鞋，手上拎著一個銀色包包。她旁邊站著同樣穿上四吋高的高跟鞋，卻比她矮了一個頭的佳佳。兩個人站在馬路邊，不時焦急地伸長脖子留意著汽車駛來的方向。

『他為什麼還不來啊？遲到怎麼辦？』珍美急得走出馬路邊。

佳佳把她拉回來說：

『也許是路上塞車吧。』

『他會不會放你鴿子？』珍美捋高蓋到手指頭的兩個衣袖，扠著腰說。

佳佳結巴地回答：

『不會的。』

『不會？他又不是第一次放你鴿子！』

『他每次放我鴿子都是因為有重要的事情嘛！你別急，還有時間嘛。你也知道，麥基的車開得像風一樣快，一會兒就到。』佳佳露出仰慕的神情。

珍美嘆了口氣，一副吃不消的樣子。隨後她看看自己身上的打扮，有點患得患失的問佳佳：

『我怎麼樣？好看嗎？』

珍美這身衣服是上星期跟佳佳一起買的，款式是今季最流行的，兩個人前前後後逛了三天才買齊。最昂貴的要數腳上的高跟鞋，珍美一看就中意，她跟佳佳兩個人殺價殺了半天，那個可惡的女店員說不減價就是不減價，珍美只好咬著牙付鈔。

『那還用問嗎？你今晚很漂亮啊！待會走音也沒人聽得出來啦！大家都忙著看你。』佳佳說完，又帶點抱歉地問：『我不去打氣，你不會生我的氣吧？麥基已經兩年平安夜沒陪我了，今年平安夜他竟然陪我……』

珍美搖搖頭說：

『得了！我怎會生氣？只要你開心就好了。』

『你贏了的話記得馬上打電話告訴我啊。』

『好的。但我從來沒贏過啊。』

『你不是常常說「屢敗屢戰」的嗎？』

『那倒是。』

佳佳又說：

『要是你贏了，明天我們一起慶祝。今天晚上我可能不回來了，麥基說不定要我留下來陪他喔。』

珍美心不在焉的捋高衣袖看看手錶時，不禁喊了出來：

『天啊！七點半鐘啦！比賽還有半個鐘頭就開始，你到底要不要打電話催催他？』

這時，一陣吵耳的汽車引擎聲伴隨著更吵耳的音樂聲從遠而近。

珍美不用看已經知道是誰來了。

一輛黑色的舊款日本雙門跑車戛然停在她們面前。珍美二話不說就打開車門爬到後座去，佳佳坐到駕駛座旁邊，含情脈脈地看著麥基。

要是說有哪個人看上去永遠是一副欠揍的樣子，珍美覺得就是麥基了。他滿臉青春痘，色迷迷的眼睛，扁鼻，大口，外加一張厚嘴唇。頭髮仔細地塗滿髮蠟，然後一根根縱橫交錯的在頭頂豎起來，嘴角不是叼著一根煙就是叼著一根牙籤或是任何停車場的停車票，脖子上掛著一條粗金鏈，開車時車子的音響吵得連在天上飛過的鴿子都會給吵死幾隻掉下來。

這一刻，麥基嘴邊叼著一根煙，轉過頭來瞄了瞄珍美，一副很想笑的樣子說：

『大頭珍，你今天梳這個是什麼頭，為什麼像一根狼牙棒？你是去唱歌還是去尋仇？』

珍美瞅了他一眼，大聲回嘴說：

『什麼狼牙棒？你識貨不識貨？你鄉下出來啊你？這是王菲的龍珠頭！是佳佳替我梳的。』

『你？』麥基轉頭，責備的眼神看著佳佳。

佳佳縮了縮脖子，不敢承認。

珍美早已經習慣了佳佳在麥基面前一副膽小如鼠的模樣，這下也就不會特別生氣。她撇撇嘴，朝麥基扯大嗓門說：

『麻煩你可以快點開車嗎？我很趕時間的。』

『想快嗎？沒問題。』麥基一踩油門，車子就往前衝，在馬路上穿來插去。

珍美連忙抓住座椅邊邊和車門邊的扶手，身子卻還是在車廂裡搖搖晃晃。

麥基一手握著方向盤，往後瞄了珍美一眼說：

『我看你從來就沒贏過，乾脆不要再參加什麼比賽了。以你的條件，只要你肯出來做嘛……我可以介紹幾個馬伕給你，他們都是我死黨！』

珍美氣得杏眼圓睜，衝他說：

『哼哼，要不是早知道你是賣電器的，還以為你是扯皮條的呢。』

珍美從來就不明白佳佳到底看上麥基身上哪一點？而且還對他那麼死心眼。每次珍美說麥基的壞話，佳佳總是無奈地說：

『沒辦法，誰叫他是我的初戀男友，我就是不忍心丟下他。』

佳佳十四歲已經跟當時也是十四歲的麥基一起。多年來，兩個人離離合合，卻從來沒分手超過三個月。麥基也知道自己吃定了佳佳，所以永遠擺出一副高高在上的樣子。

珍美雖然很替佳佳不值，但有時候她又想，佳佳起碼可以接近自己喜歡的人，不管這個人有多麼差勁。可珍美喜歡的那個人，卻很遙遠，她根本連接近他的機會也沒有，也許永遠都不會有。

就在珍美想得出神的時候，車子突然急煞停，害她險些兒把頭撞上前座的椅背。她看看窗外，原來已經抵達時代廣場外面。廣場中央豎起了一株數十來呎高的銀色聖誕樹，樹上掛滿閃亮的燈飾，附近擠滿了人。

佳佳連忙下車，扳下座椅，把珍美從後座拉出來。珍美有點暈頭轉向，顫巍巍地站著。佳佳從皮包裡拿出一瓶噴髮膠，在珍美頭上猛噴，然後兩個人擊了一下掌。

『加油呀！』佳佳說。

『知道了！』珍美擠開人群，三步併兩步的往商場奔去。她匆匆抬頭瞄了一眼商場外面的大鐘，距離比賽開始只剩下不到十分鐘。

『糟了！』她邊喊邊拚命跑。就在她衝上商場的樓梯時，她突然聽到『劈啪』一聲，整個人頓時失了重心，幸好她及時抓住樓梯的扶手才沒摔倒。她回頭一看，不禁苦著臉喊了出來：

『我的新鞋子呀！』

原來珍美一邊的鞋跟斷了。她狼狽地撿起斷掉的鞋跟一拐一拐地跑上樓梯。

商場一樓大堂蓋了一個比賽用的臨時舞台。這會兒，舞台前面的觀眾席已經坐滿了人，還有許多觀眾靠在上面幾層樓的欄杆上等著欣賞今晚的歌唱比賽。台上的一支樂隊正彈奏著聖誕音樂。大堂左邊布置了一輛巨型的鹿車和一株十來呎高的綠色聖誕樹，上面掛滿了飾物，一群小孩子圍著一個大胖子聖誕老人要禮物。聖誕老人把布袋裡的禮物分給大家。

『借過一下！借過一下！』珍美連跑帶跳的穿過人群，那個大胖子聖誕老人正好背朝著她，擋住了她的去路，珍美情急起來只好用雙手和屁股同時把他擠開。

等聖誕老人回過頭來想看看是誰用屁股撞他時，珍美已經從他背後擠過去了。

珍美好不容易終於擠進臨時舞台後面的後台。其他參賽者都已經到了，有人在梳妝台那邊對著鏡子補妝，有人躲在角落裡練習舞步，有人緊張地哼著待會要唱的歌。珍美一進來，先忙著跟其中幾個參賽者打招呼，這幾個人就像珍美一樣，經常參加不同的歌唱比賽，大家早已認識了。

『珍美，你為什麼現在才來啊？』一個架著無框紫色眼鏡，穿著深紫色絲絨西裝和粉紅色襯衫，繫上白色領帶，染了一撮紫色頭髮的高瘦個兒對鏡補妝時看到珍美，緩緩轉過身來，興奮的聲音說。

『別提了！紫衫人，你有沒有膠水？』珍美大口喘著氣，一拐一拐地走過去，把一隻高跟鞋脫下來放在梳妝台上。

紫衫人在自己帶來的名貴紫色化妝箱裡找到了一小瓶膠水，笑笑說：

『你看看這個行不行？我放在化妝箱裡以備不時之需的呢。』

『喔！太好了！』珍美擠一點膠水到斷開的鞋跟上，然後使勁地壓在高跟鞋上面。

紫衫人指著張貼在鏡子上的出場序說：

『你跟在我後面出場呢。』

『那好啊。有你替我打頭陣，我沒那麼害怕。』珍美手裡拿著高跟鞋，坐到梳妝台上說。

紫衫人是珍美兩年前在一次歌唱比賽上認識的，兩個人自那以後在不同的比賽裡都碰到頭。他每次都穿一身紫色的衣服，衣服一看就知道很昂貴。這人年紀跟珍美差不多，有點娘娘腔，可是人挺好。雖然他已經告訴珍美很多遍了，但珍美老是忘記他叫什麼名字，她還是習慣叫他『紫衫人』。

這時，前台傳來司儀的聲音，宣布第一位參賽者的名字。

這些年來，珍美已經記不起自己是第幾次參加歌唱比賽了，第二十次？三十次？還是三十三次？但是，這一次是她頭一回晉身準決賽，要是她今天過了這一關，明天就可以來這裡參加決賽。

明天可是她的二十二歲生日呢。

珍美看看高跟鞋，沒想到那瓶膠水還真行！她穿上鞋子，不停小聲哼著待會要唱的歌，紫衫人也對著鏡子仔細地畫眉，卻好像老是畫不好。

『我來幫你吧。』珍美說。

『噢，謝謝你。你龍珠頭好漂亮呢！』

『不會像狼牙棒嗎？』

紫衫人眼睛往上翻了翻，說：

『只有白痴才會說是狼牙棒！』

珍美咯咯的笑了起來。

不消一會兒，她已經替紫衫人畫好兩道漂亮得不行的劍眉。

紫衫人欣賞著鏡子中的模樣，瞇瞇眼睛說：

『你學過化妝的嗎？畫得真好！』

『沒有啊。很簡單，就像畫畫一樣嘛。我忘了你是做哪一行的？』

『我替人補習的呀。我有幾個學生今天來了，你有沒有朋友來為你打氣？』

珍美有點寂寞地回答：

『就我一個。』

時間過得真快，輪到紫衫人出場了。

紫衫人在外面忘情地唱著張學友的歌。珍美躲在舞台邊的布幔後面偷看，剛才還很輕鬆的她，現在開始聽到自己的心撲撲亂跳。她緊緊閉上眼睛，大口大口的呼吸，讓自己鎮靜下來。

她覺得自己閉上眼睛才一會兒，音樂已經停了。她睜開眼睛，看到紫衫人的歌唱完了，他從舞台的另一邊離開。

輪到珍美了，可她還沒準備好啊！

司儀介紹她出場的時候，珍美頓時覺得腦海一片空白。她走出去，站到那根直立的麥克風面前，不看還好，仰頭一看，欄杆上密密麻麻地擠滿觀眾，她感到自己兩個膝蓋發著抖。這時候，樂隊奏起音樂，她大力吸了一口氣，搖晃著身體，開始唱：

有一個人，

曾讓我知道，

寄生於世上，

原是那麼好……

她一邊唱一邊陶醉地把兩個長而闊的衣袖隨著身體的擺動甩向左上方，然後又甩向右上方。到目前為止，一切都很好，她抖得沒那麼厲害了。

他的一雙臂彎，令我沒苦惱……

唱著唱著，她一邊身子突然矮了一下，她沒料到會這樣，整個人一時站不穩向前傾，一張嘴竟撞倒在麥克風上，她嚇得慌忙抓住那根差點倒下去的麥克風，低頭一看，原來那個剛剛黏好的鞋跟又斷了。

珍美只得用笑容來掩飾剛剛的醜態，裝著若無其事地繼續唱下去。可是，當她邊唱邊向右邊上方揮一揮衣袖的時候，竟不小心『砰』的一聲把那根麥克風掃到台邊去。台下傳來一陣爆笑聲，珍美尷尬地拐著腳上前拾起那根麥克風。接下來真是個悲劇，珍美只記得自己心一慌，早已背得滾瓜爛熟的歌詞統統忘掉了。

他使我……啦啦……啦啦啦……

大概沒有一個參賽者會像她那樣，斷斷續續的把一首歌『啦』完，『啦』的時候還荒腔走調。

這時候，珍美剛剛來到商場時用雙手和屁股擠開的那個胖嘟嘟的聖誕老人，不知什麼時候開始，已經站在舞台下面，紅色的大布袋皺巴巴地擱在腳邊。

聖誕老人凝望著失了方寸亂唱著歌的珍美，眼裡露出一個謎樣的神情。

工人進來清潔二樓女廁時，珍美從最裡面的那個小隔間打開門，垂頭喪氣地走出來。時代廣場裡的商店打烊了，人群也散去了。唱完，不，是啦完那首歌之後，她一股腦兒奔到女廁大哭了一場，躲起來不想見任何人。她再也不要參加什麼歌唱比賽了。

商場大堂的燈光已經暗了，悠揚的聖誕音樂在耳邊縈繞，珍美一拐一拐地走下電扶梯。她簡直是個大笑話，是自己的大笑話。她低下頭看到腳上那隻斷了鞋跟的高跟鞋，都是這雙鞋子害她出糗的。她氣憤地抬起腳，把那隻闖禍的鞋脫下來，使勁往後一丟。

『哎唷！』

身後傳來一個男人慘叫的聲音，珍美嚇得張大了嘴巴。她緩緩轉身往後看，看見聖誕老人就站在比賽用的舞台邊，手裡拿著她丟出去的那隻高跟鞋，一隻手摸著前額，露出痛苦的神情。

『天啊！』珍美慌忙跑上去，急急說：『對不起。我剛剛沒看到你，我不是有意的。』

聖誕老人把歪了的眼鏡扶正，眼裡泛著淚光，苦笑說：

『你丟得還真準！』

珍美太內疚了，沒聽懂這是個笑話。

『讓我看看有沒有流血？』她踮起腳尖，掀開聖誕老人一撮劉海的銀白色頭髮，發現額角那兒腫起一大塊，擦破了的皮膚正在淌血。

『你在流血啊！』珍美咬著手指頭不知怎辦。

『我早該告訴你我在你後面。』聖誕老人說。

『你別這麼說嘛！我後面又沒長眼睛。』

『我眼睛長在前面也避不開。』

『我包包裡好像有膠布。』珍美手忙腳亂的在包包裡找了很久也找不到，索性把包包裡面的東西全都倒在舞台邊邊，終於給她找到一片史奴比狗狗膠布。

『你別動！』珍美把膠布貼在聖誕老人的傷口上。

『其實我比較喜歡加菲貓膠布。』聖誕老人說。

珍美禁不住笑了一下。『加菲貓好像沒做膠布啦！』她動手撿起丟在舞台邊的錢包、粉盒，還有一大堆零零散散的東西。

聖誕老人幫她撿起鑰匙、梳子和手機。

『謝謝你啊！』珍美看到聖誕老人擱在地上那個好像洩了氣的紅色大布袋，臉帶失望問他說：『你的禮物送光了！』

『讓我看看！』聖誕老人蹲下去，伸手在大布袋裡找了一會，竟給他找到一副小孩子玩的紅色塑膠太陽眼鏡。『還有這個，跟你頭髮的顏色很襯，送給你好了。』

『好啊！戴了這個，沒人認得我。』珍美戴上眼鏡，一副傻乎乎的模樣。

她跟聖誕老人並排挨在舞台的邊邊，問他：

『你整晚都在這裡嗎？』珍美問聖誕老人。

聖誕老人點點頭。

『那麼，比賽的時候，你全都聽到了……』珍美實在說不下去。

『全都聽到了。』聖誕老人回答。

『你全都看到了？』珍美愁眉苦臉的說。

『全都看到了。』

『我是不是唱得很糟？』

『我沒聽到。』

『你不是說全都聽到嗎？』

『你沒唱啊！你是在啦啦啦。』

『唔……你說得對，我根本沒機會唱，評判沒機會看到我的實力。』

『理論上，你可以這樣說。』

『你有沒有試過一直做一件事，但是從來沒做好過？』

『做人？』聖誕老人說。

珍美沒聽懂，挪挪眼鏡繼續說：

『我從十五歲，不，好像是十六歲開始，一直參加比賽，從來就沒贏過。』

『那麼，你至少該得到一個長期服務獎。』

『我又不是想大紅大紫，我只是喜歡唱歌，我想用歌聲帶給別人歡樂……』

『今天晚上你已經做到了。』

珍美把頭靠在聖誕老人的肩膀上喃喃說：

『就像聖誕老人送禮物給大家那樣，也是把歡樂帶給別人啊。』

聖誕老人的臉陡地紅了，一動不動。

珍美有點疲倦地摟住聖誕老人的大肚子說：

『可以讓我攬一下嗎？你很像一個大枕頭。』

『呃……請便。』

攬著聖誕老人，珍美覺得心頭一股暖意。她扯了扯聖誕老人的大鬍子，問他：

『這鬍子是真的嗎？』

『真的……才怪。』

『會不會癢？』

『現在倒有一點。』

『今天是平安夜呢，你為什麼在這裡？你沒地方去嗎？』

『今年我不想再鑽煙囪了，在這裡可以一次把禮物送出去。』

『聖誕老人是不是會給人願望的？』

『那好像是神仙的責任，不是聖誕老人。』

『我再也不想參加比賽了。』珍美哽咽著說。

『今天晚上在台上發生的事只是意外。』

珍美眼睛一亮，站直了身子，隔著太陽眼鏡望著聖誕老人說：

『意外！對啊！我為什麼沒想到是意外？我一直都在怪自己呢！假如是意外，那我不該怪自己啊！我以後還可以繼續參加比賽啊！』

『要是你真的那麼喜歡唱歌，該找一位好的歌唱老師。』

珍美恍然大悟似的說：

『噢！我為什麼沒想到呢！我為什麼沒有早點遇上你呢！聖誕老人。』

聖誕老人停了一下，回答說：

『也許是因為今天之前聖誕節還沒到啊！』

『一個人在哪裡跌倒，就要在哪裡爬起來！明年我要再來這裡參加比賽。你明年聖誕也會在這裡嗎，聖誕老人？』

『要是這裡還需要聖誕老人的話，我應該會……』

『那我約定你了！我們打勾勾。』珍美跟聖誕老人勾了勾手指。她不哭了，咧嘴笑著，一張性感的嘴唇往上翹。然而，過了一會，她又沒把握的說：

『要是我進不了準決賽，那怎麼辦？』

『我看要晉身準決賽也不是很困難。你今年不也進了準決賽嗎？』聖誕老人笑笑說。

『這倒是！何況我很快就會找老師學唱歌。』珍美又笑了。

她拉下鼻子上的眼鏡，揉揉眼睛，問聖誕老人：

『你的布袋裡還有聖誕禮物麼？』

聖誕老人探頭進去他那個大布袋裡看了一會，說：

『送光了。』

珍美臉上露出失望的神情喃喃說：

『明天是我的生日呢！我好想收到禮物。』

『我進去裡面看看，也許還有。』聖誕老人指了指大堂遠處的一扇銀色門。

珍美望著老人胖胖的背影消失在那扇銀色門後面，隨後她撿起一直擱在舞台邊的那隻斷了的高跟鞋，把另一隻鞋子也脫下來，光著腳走路。說也奇怪，她覺得自己好像沒那麼沮喪了。她走著走著，不知不覺走了出去。

4

珍美掏出鑰匙開門，門一開，她看到佳佳孤零零的抱著兩個膝蓋坐在客廳那張紅色布沙發上看電視，一副垂頭喪氣的樣子。

今天佳佳跟她說麥基也許會留她過夜的時候，珍美就知道佳佳肯定又會失望。

她認識佳佳三年了，麥基什麼時候留過佳佳過夜？他甚至不肯跟她住，就怕她纏身。

『你回來囉？』佳佳沒精打采的說。

兩個人看到對方的樣子，早已心照不宣，珍美落敗就跟佳佳落單一樣，向來都是家常便飯。

『你臉上的是什麼？』佳佳指了指珍美鼻子上的太陽眼鏡。

『喔！聖誕老人送我的！我忘記拿下來呢。怪不得一路回來覺得看什麼都黑濛濛的！』珍美把手裡的銀色包包丟到茶几上。

『聖誕老人跟你說什麼了？』

『他叫我不要相信男人。』珍美故意嘲諷她說。說完，她走進浴室。

浴室的白色木門上用油彩畫了一個蹲馬桶的巨型大頭娃娃，紅髮，杏眼，往上翹的厚嘴唇，模樣好可愛。

這木門原本很舊，所以珍美索性在門上畫畫，讓門看上去沒那麼舊。

這個大頭娃娃在客廳那面斑駁的牆壁上，珍美睡房貼床的牆上，還有衣櫃門上統統都有，只是表情和動作不同，珍美給這個娃娃起了一個名字叫『大頭珍珍』。

有了這些大頭珍珍點綴，這間她和佳佳租來的、坐落在西環的小公寓看來繽紛溫暖多了。

從高高的天花板垂吊下來一盞紅色的玻璃罩燈，常常照亮著客廳中央那張紅布短沙發。佳佳和珍美最喜歡窩在上面消磨時間。

珍美上完廁所出來。佳佳連忙抓緊機會說：

『我今天其實玩得挺開心呢！』

『我今天也讓大家笑得挺開心！』珍美自嘲說。她打開冰箱，拿出一盒家庭裝的巧克力冰淇淋和兩個湯匙，坐到沙發上，打開蓋子，把一個湯匙塞給佳佳，兩個人大口大口地吃著冰淇淋。

『你不會想告訴我今天比賽的事吧？』佳佳瞥了珍美一眼說。

珍美把冰淇淋塞進口裡，搖搖頭，眼睛望著電視機。

『放心吧！我沒事。你呢？』

『你要我說多少遍才相信，麥基這個人真的沒什麼，他只是嘴巴不乾淨，他也常說要把我賣去火坑，可他沒有這樣做呀！』

『哼，他敢？看我會不會放過他！』

珍美吃了一口冰淇淋，又說：

『你有沒有想過十年後我們兩個會怎樣？』

『我？』佳佳甜絲絲地說。『我說不定跟麥基結了婚，跟他生了一個兒子。』

『跟他？那孩子一定很醜！』

『那你呢？』

『我？』珍美憧憬著說：『我可能在紅館開演唱會。』

『那我要有一疊貴賓證，可以帶朋友去後台探班。』

『這個當然沒問題。』

『你紅了之後會不會忘記我？』

『我是這種忘恩負義的人嗎？』

『可是，你記性一向不好。』

『那你到時可以提醒我的呀。』

『那一言為定啊。』

『你真的覺得我會紅？』

『嗯！我看人一向很準的。』佳佳說。

『你？』珍美不期然想起麥基。

『聖誕老人真的跟你說不要相信男人？』

『你真笨！聖誕老人怎會這樣說？我跟他約好了明年今日在時代廣場再見。明天開始，我要找老師學唱歌！』珍美躊躇滿志的說。

也只是想把歡樂帶給大家，尤其是小孩子，他們都相信世上真的有聖誕老人。
一九九八年的平安夜，他答應了明年今日，跟珍美在時代廣場再見，

他們打過勾勾的……

chapter 2

前一年，他做聖誕老人的目的原是多麼的純粹啊。

事隔一年，這個聖誕老人已經不那麼純粹了，可大仁非要得到這份工作不可。

胡大仁究竟有多壞？他就有這麼壞。七歲那年，他的爸爸離家出走跟新相識的女友雙宿雙棲，媽媽摟著大仁哭得死去活來。為了安慰媽媽，大仁只好昧著良心對媽媽說：

『別哭了，爸爸其實沒你想的那麼好啦！我一直想要個新爸爸。』

媽媽聽完這句話，蹣跚地走到廚房，吞下半瓶藥丸，然後倒在床上，嘴裡不斷冒出橘子色的泡沫，泡沫又滋生泡沫，這時她才發現自己吞的是維他命C沖劑而不是安眠藥。

十一歲那年，胡大仁差一點就加入了黑社會。一個比他高一班的大塊頭在他放學時攔住他，兇巴巴的跟他說：

『從今天起，你每個月要給我錢。』

『你要多少？』

『你有多少給多少。』

『你零用錢不夠用嗎？』

『不是。』

『那你為什麼問我要？』

『氣死我！這是保護費！』

『你想我加入黑社會？』

『哼……算你識趣！』

『加入黑社會有什麼好處？』

『這個……好處自然好多……以後有人欺負你，我會替你出頭。』

『既然我是黑社會，為什麼還會有人敢欺負我？』

『這……這很難說。要是有人欺負我，你也可以替我出頭，那很威風！』

『我要替你出頭？那我為什麼還要每個月給你保護費？』

『臭小子！你到底加不加入？』

『兩個人一起入會的話，會費會不會算便宜一點？』

『天啊！煩死我了！你以後給我滾遠一點！』那個大塊頭就這樣悻悻地掉頭跑了，大仁這才沒有成為黑幫分子。

要是這些還不算壞，以下這件事，應該是很壞了。兩年前，大仁傷了一個好女孩的心。那個名叫溫文文的女孩是他一個同學的妹妹。大仁著實覺得自己配不起文文，文文溫柔、美麗，很會做菜，還會修理電器，她的志願是嫁給自己所愛的人，大仁壓根兒就沒想過文文會喜歡他。

直到一天，文文的哥哥對大仁說：

『你別辜負我妹妹，她很喜歡你。』

大仁這才知道大事不妙。他不想耽誤文文，也不想文文對他有什麼誤會。那天，文文來宿舍找他的時候，他抓緊機會對她說：

『像你這麼好的女孩子，將來一定會找到一個很好的男孩子。』

文文一聽，顫著聲音問他：

『你這話是什麼意思？你明知道我喜歡的是你！』

『我其實沒你想的那麼好啦。我曾經害我媽媽自殺，連黑社會都怕了我。』

『騙人！你以為我會相信嗎？我到底有什麼不好？你為什麼不能愛我？』文文嗚嗚地哭了起來。

大仁沒法回答。他很想說：『我對你就是沒有那種感覺。』可他覺得這個答案太沒風度了，於是，他決定保持緘默。

不過，最壞的也許要數這一樁了。

一九九九年聖誕前的一個月，面試那天，大仁提早來到這個商場的辦公室時，走廊上已經排了一條來應徵聖誕老人的長長的人龍，裡頭什麼年紀都有，有超級大胖子，也有瘦得像一根竹篙，打算來碰碰運氣的，每個人臉上的神情看起來都很想得到這份工作。

大仁最後打敗所有對手奪得聖誕老人這份工作，並不是因為他去年也是這座商場的聖誕老人，而且幹得很不錯；也不是因為他學過魔術；很會哄小孩子；更不是因為他的身材最像聖誕老人。

他是個高個兒，可他一點也不胖。去年在這裡扮成聖誕老人時，他在腰間總共綁了四個軟綿綿的枕頭，褲子也穿了兩條。

他成功連任，是因為他面試時一開口就很無恥的自動減薪，對方提出的時薪，他只拿三分之一，還願意延長工時。當他從面試的房間出來，在走廊上看到那一張張滿懷希望卻行將失望的臉孔時，他心中充滿自責。市面上一片不景氣，這些應徵者之中也許有比他更需要這份工作的，也許等著這份微薄的收入度過年關的。

前一年，也是他第一年做聖誕老人的目的原是多麼的純粹啊。他只是想把歡樂帶給大家，尤其是小孩子，他們都相信世上真的有聖誕老人。

事隔一年，這個聖誕老人已經不那麼純粹了，可大仁非要得到這份工作不可。一九九八年的平安夜，他答應了明年今日，跟珍美在時代廣場再見，他們打過勾勾的。

去年那天，她問他還有沒有聖誕禮物，可他的大布袋裡沒有了，他想起商場辦公室裡也許會有。然而，當他滿心歡喜拿著一份禮物回來的時候，舞台邊空空的沒有一個人，珍美已經走了。大仁覺著心中一陣失落，那東西就是感覺。這感覺是他睽違已久的。

2

『我們公司慶祝聖誕節來臨暨成立七週年紀念，特別優惠長期光顧的客人，所有套票也是買一送一，真的很便宜呀！龐小姐，你會不會考慮？』

青春不胖纖體中心的小房間裡，胖嘟嘟的客人躺在床上，珍美手上拿著一個看起來像吸塵嘴的儀器在客人的肚子上滾來滾去。

客人皺了皺眉，有點猶疑地說：

『可是，老闆這個月剛剛減了我薪水呀。』

『薪水減了，那你就更該減肥了，否則就會入不敷支的呀。』珍美繼續說。

客人臉上露出迷惘的神情咕噥：

『入不敷支？』

『唔！人瘦了，自然不用吃那麼多東西，不就可以把錢省下來嗎？』

『那好吧！我買吧！』

『噢，謝謝你呀龐小姐。』

珍美望著客人信任的目光，心裡禁不住一陣內疚。這兒的主管娜娜姐以前常常要她們鼓勵客人多買一些套票。客人明明沒瘦下來，娜娜姐會教她們告訴客人只要多做幾個療程便會變瘦。娜娜姐又說，要是客人還是沒瘦，便把責任推到客人身上，問她們有沒有偷偷吃了高卡路里的食物。根據娜娜姐的經驗，沒有一個客人是不偷吃的，所以這一招很管用。

珍美一向不屑這麼做，她只跟客人說老實話，沒瘦就是沒瘦，瘦了就是瘦了。她也不會遊說客人買套票，因此，她每個月拿的佣金少得可憐，常常給娜娜姐罵。

然而，這一年跟去年不一樣。她現在跟綽號『大棵蔥』的著名歌唱老師吳匆匆學唱歌，每個星期上一堂。大棵蔥的學費很貴，珍美為了多賺點錢交學費，只好昧著良心對客人撒謊。

幸好，跟大棵蔥學唱歌總算有點成績，珍美覺得自己的歌藝進步了不少。她更順利晉身今年『蘋果綠卡拉ＯＫ』歌唱大賽準決賽。比賽還有一個月就到了，大棵蔥提議她每星期多上一堂。

珍美咬咬牙就付錢了。她一定要回去時代廣場，她跟自己說過，在哪裡跌倒，就要在哪裡爬起來。不過，跟大棵蔥學唱歌的最大收穫並不是歌藝進步。有一天，珍美無意中聽到大棵蔥跟她老公說，『那個人』搬來了他們這幢公寓，就住在他們樓上那一層。可惜，珍美從來沒在那兒碰過『那個人』。

要是有天讓她那麼幸運碰到『那個人』，珍美真的不敢想像自己會不會緊張得昏倒在他的一雙臂彎裡。

她想著想著嘴角露出一絲甜蜜的笑意，本來在客人肚子上滾來滾去的儀器滾呀滾的滾到自己肚子上去了。

『胡小姐，唱歌要用丹田來唱，我跟你說過多少遍？你知道丹田在哪裡嗎？』

珍美雙手按在自己的肚子上點了點頭。

『還有，你唱歌的時候為什麼眼睛老是望著天花板？觀眾不是在天花板上的。』

『呃，對不起。』

星期天的早上，珍美在大棵蔥家裡上課。個兒高大，已經中年發福的大棵蔥頭戴一頂綠色的畫家帽，坐在鋼琴前面，雙手彈著琴，眼睛望著珍美直搖頭。

大棵蔥的鋼琴上面放滿了她和紅歌星的合照，他們走紅之前都是她的學生。鋼琴前面的牆壁鑲了一排落地鏡子，珍美每次唱歌時都可以看到自己的樣子和表情。一個月前，佳佳把她的一頭紅髮染成黑色，然後燙成一串串小鬈曲，看起來活像一盤倒翻了的麵條似的。

大棵蔥看看牆上的鐘，接著雙手停了下來，宣布：

『好了，今天到此為止。』

珍美偷瞄了一眼那個時鐘。她發現大棵蔥下課從來沒準時過，總是提早了五分鐘。

『胡小姐，』大棵蔥皺著眉，嚴肅地說。『比賽還有兩星期就到了，看樣子你要儘量抽時間多來上幾堂課。』

珍美不是沒想到昂貴的學費，然而，自從三個月前知道『那個人』就住在樓上之後，珍美巴不得天天都可以來這裡。於是，她咬咬牙說：

『好的，我知道了。』

每次來這兒唱歌的時候，珍美不禁想像『那個人』也許剛好在家裡，聽到她甜美的歌聲。因此她老是情不自禁仰頭對著天花板唱歌，彷彿這個時候他的拖鞋正好軟綿綿踩在她頭上。

他們從來沒如此接近過，這樣的時光多麼幸福？

幸福？要是跟她相依為命的奶奶偶然很清醒，什麼都記得，會像從前一樣跟珍美聊天，愛憐地摸摸她的腦袋瓜，珍美也會感到片刻的幸福。

這一天，珍美來到元朗的老人院探望奶奶。

奶奶坐在大廳一把椅子裡，正在看電視，身旁還坐著幾個老人。快八十歲的奶奶一頭濃密的銀髮，白白胖胖的，精神很好。

珍美走上去，喊了一聲：

『奶奶，我來看你啦！』

奶奶的視線從電視機移到珍美臉上，慈祥地朝她咧嘴笑著，然後說：

『你是哪一位？』

珍美不禁一陣失望。她在奶奶身邊坐了下來，摸摸奶奶的臉蛋說：

『我是珍珍呀！』

奶奶一臉迷惘地問：

『珍珍是誰？』

『我是你的孫女兒，你不記得囉？』

奶奶定定地望著珍美好一會兒，然後搖搖頭。

珍美嘆了口氣，依偎著奶奶溫暖的身子，喃喃地說：

『我們兩個人只要其中一個記得對方是誰就夠了，對不對？』

4

『依你看，老人痴呆這個病會不會有遺傳？』

兩個人在熙來攘往的銅鑼灣逛街時，珍美問佳佳。

『你爸爸有沒有老人痴呆？』

『我已經不記得我爸爸是什麼樣子了。呃，這個好看嗎？』珍美停下腳步，指著時裝店櫥窗裡的一條毛茸茸的黑色連身長裙說。

『進去看看！』佳佳拉著珍美鑽進店裡去。

不消一會，兩個人兩手空空的走了出來。

『太貴了！還說已經減了價！』珍美嘸著嘴說。

『就是呀！這些人真的以為市道很好嗎？』

『現在怎麼辦？只剩下一個禮拜，還沒買到比賽穿的衣服呢。』

『放心！天還沒黑，我們還有很多時間啊。』

『你明天真的不陪我去跑步？』珍美問佳佳。

『不要吧？我寧願多睡一會。你幹嘛忽然嚷著要去跑步？想減肥的話，公司不是有很多儀器嗎？』

『我不是想減肥，大棵蔥說我唱歌不夠力氣，我是要跑步練氣啊。所有歌星開演唱會之前都是這樣練氣的呀。』

『王菲好像沒有啊。況且，你又不是開演唱會。』

這時候，佳佳掛在胸前的手機響起。她把手機貼到耳朵上，『喂』了一聲之後，馬上換上了一副小鳥依人的模樣，小聲說：

『呃……我沒事做啊……嗯……我現在過來。』

佳佳掛了線之後，一臉內疚的朝珍美說：

『我明天下班再陪你找衣服好嗎？』

珍美嘆了口氣說：

『快點去吧！麥基一出，誰與爭鋒？』

『你別生氣啊！一千個對不起！』

『你已經欠我幾千萬了，還不快走！不怕他跑掉嗎？我一個人再逛逛好了。』

『我走了！明天陪你跑步哦！』

天已經黑了，佳佳接到電話一溜煙走了之後，珍美獨個兒逛了很久，還是找不到中意而又便宜的衣服。

身邊擠滿趕著買聖誕禮物的人，高樓大廈的燈飾紛紛亮了起來，珍美有點落寞地在街上晃蕩。最後，她在一個拐角停下腳步，望著開在對街的一家寵物店。

寵物店的櫥窗裡，模樣可愛的小狗或是在籠子裡睡懶覺，或是好奇地盯著外面看。珍美的目光越過馬路，望著店裡一個身材窈窕的長髮女子。店裡只有她一個人，那女子身上穿著一襲鮮黃色的工作袍，神情舉止有一種說不出的溫柔。珍美看見她抱起一頭小小的金毛尋回犬放到靠近門口的一張工作台上，先是輕柔地撫撫牠那個毛茸茸的頭，然後用一把刷子細心地梳順牠身上漂亮的毛髮。那頭小狗乖乖地站著，有好幾次，牠縮了縮脖子，一副很幸福的模樣，轉頭望著長髮女子那張漂亮的臉蛋。

珍美杵在拐角，靜靜地看著那人那狗，突然覺得鼻子酸酸的，眼裡有些濕潤。

5

『你這眼淚是怎麼弄出來的？好漂亮啊！』

一九九九年平安夜的這個晚上，珍美終於又回到時代廣場歌唱比賽的後台。去年這麼倒楣，全因為坐上了麥基的車，所以珍美今年學乖了，下班後直接從青春不胖坐地鐵過來，結果早到了。

紫衫人比她稍晚一點來到後台的時候，珍美正躲在梳妝台的一角，用帶來的一枝黑色原子筆把歌詞抄在兩隻手的掌心裡，心裡想著：『哈哈！嘿嘿！這樣便不會忘記歌詞。』

紫衫人一看到珍美的『眼淚妝』便張大嘴巴讚不絕口。

珍美得意洋洋地說：

『是水晶來的呀！我找了很久才找到！』

珍美今天為自己畫了一雙黑色的煙燻眼，每邊臉頰分別用膠水黏了兩顆梨形的白水晶，看上去像兩顆晶瑩的淚珠，老遠就看得見。她的一頭鬈毛爆炸頭是佳佳替她弄的，還綴上了許多銀絲帶，很像狗展上儀態萬千的黑色貴賓狗。

她身上穿了一件毛茸茸的高領背心和長到腳踝的黑色直筒裙，露出兩條白皙的手臂，唱歌時再也不用擔心會不小心把麥克風掃到地上去。這身衣服是昨天跟佳佳逛了很久才終於找到的。

紫衫人邊打開帶來的化妝箱補妝邊告訴珍美：

『我的學生來捧我場了啊！他們就坐在第四排，還帶了螢光棒來呢！你呢？今年有朋友來捧場嗎？』

珍美咧嘴笑著回答：

『有啊！我約了人。』

麥基幾天都沒出現，佳佳今年平安夜落單了，做完最後一個客人之後會馬上趕過來。兩個人還說好不管珍美贏或輸，也要去慶祝平安夜和珍美的二十三歲生日。

『我去看看我朋友來了沒有喔！』

珍美說完躡手躡腳走到舞台旁邊，隔著一條布幔的縫隙探頭看看外面的情形。觀眾席上陸陸續續有人入座了，一樓大堂從高高的天花板垂吊下來一個個巨型的雪人，或高或低，全都頭戴紅色帽子，脖子上的紅頸巾在半空中飛揚。

『今年的裝飾好漂亮啊！』珍美心裡嘀咕。

隨後她看向大堂的一角，看到一群小孩子纏著一個胖嘟嘟的個兒高大的聖誕老人。聖誕老人正忙著把大布袋裡的禮物分給大家。

當珍美把目光轉回來看到評判席的時候，活像被電擊了一下，整個人僵呆了。就在這時，她聽到手機鈴聲，這是她的鈴聲，她的鈴聲一直都是那首歌。這多巧啊！珍美連忙飛奔到梳妝台那邊，抓起自己的包包，手忙腳亂地掏出手機來貼到耳邊。一聽到佳佳的聲音，她就緊張得上氣不接下氣地說：

『你在哪裡？你為什麼還沒來呀！我看到「那個人」呀！他是今晚三個評判之一，我現在該怎麼辦好啊？』

佳佳在電話那一頭慌張地說：

『我來不了啊！』

『什麼？你不來？』

『麥基給警察抓了，我要去警察局保釋他！』

『給警察抓了？他犯了什麼罪？非禮還是強姦？』

『很好笑！我笑不出來啦！他好像是在店裡跟客人打架！』

『可是，「那個人」就在台下啊！』

『你不要望他就好了。掛線啦！晚一點再通電話吧！』

珍美無奈只好回身把手機塞回去包包裡。

『我出場啦！祝我好運！』

珍美一轉過身來就看到紫衫人不知什麼時候已經站在她面前。

紫衫人是今天晚上第一個出場的，珍美摟了摟他，心不在焉地說：

『祝你好運！』

不一會兒，外面傳來紫衫人的超高音歌聲。珍美覺得一顆心很亂，她緊張地不停搓揉著兩個掌心。佳佳叫她待會不要望『那個人』，那怎麼可能呢？

她從來就沒跟他這麼接近過。

他是她最崇拜的作曲家。他四年前作曲寫詞的那首〈在下一刻愛上我可以嗎？〉旋律優美動人，風靡了萬千歌迷，也是珍美最喜歡的一首歌，永遠佔住她最愛歌曲排行榜的第一位，聽多少回都不會厭，她甚至把歌下載到手機裡。

珍美看過資料，他留學德國，主修作曲，鋼琴彈得很棒。這麼有才華的男人，竟然不是醜八怪，反而長得像明星。珍美想要成為歌手，多多少少也和他有點關係。要是她真的成了歌手，不就可以請他為她作一首像〈在下一刻愛上我可以嗎？〉那樣的歌嗎？

今天之前，他只是個遙遠的夢，可這一刻，他就坐在評判席上。珍美雙手在兩邊臉頰上來來回回地搓揉著，跟自己說：

『別緊張！別緊張！』

那一刻終於還是來臨了。這會兒，珍美站在亮晶晶的舞台上唱著歌，她故意不看向評判席那邊，而是看向另一邊，慈祥的聖誕老人就站在那兒聽著歌，臉上一逕掛著微笑。

來又如風，

離又如風……

珍美唱著唱著，視線從聖誕老人身上慢慢移開，忍不住用眼角的餘光偷瞄了坐在評判席上的『那個人』一眼，『那個人』剛好一隻手支著頭定定地望著她。一瞬間，珍美一顆心有如小鹿亂撞，渾然忘了接下來要唱什麼。幸好，她早已十分機警地把歌詞抄在掌心裡。

她身體跟著拍子搖擺，伸出兩條手臂，掌心朝著自己，才發現歌詞不知什麼時候不見了，兩個掌心只留下邋邋遢遢的墨水痕跡。

就在她空張著嘴，不知怎辦的時候，突然看見台下一隻戴著紅色手套的大手朝她大大地揮舞著，想引起她的注意。原來那隻大手是屬於站在台邊的那個聖誕老人的。

珍美望向聖誕老人，聖誕老人掀開了嘴上的大鬍子，嘴巴朝她唸唸有詞，好像唱歌似的，又在頭上豎起一根手指。

珍美想起來了，接著唱：

有一個人，
曾讓我知道，
寄生於世上，
原是那麼好……

聖誕老人在台下悄悄給她提辭，珍美一直跟著聖誕老人嘴巴的形狀邊猜邊唱，這才沒有在『那個人』面前出洋相。

6

珍美滿懷希望的站在台上，等候司儀宣布可以進入明天決賽的名單。

她聽到此起彼落的拍掌聲，卻始終沒聽到自己的名字。希望又落空了，珍美就像選美會上那些落選的佳麗那樣，站在後排當人家的布景，為了表現風度而強顏歡笑，幸好還有紫衫人陪她一起輸。然而，她萬萬沒料到，『那個人』這時竟然主動走上台跟所有參賽者一一握手。他穿著皮夾克和牛仔褲，本人比照片還要帥氣。

輪到珍美的時候，『那個人』風度翩翩地伸出手，自我介紹說：

『你好，我是林清揚。』

珍美羞怯地咧著嘴，朝林清揚伸出她那隻顫抖的小手，林清揚這時卻突然把手縮了回去。珍美的手還僵在半空，尷尬得不知怎辦。

『別動！』

就在一秒鐘之間，林清揚從褲子的口袋裡掏出一條手帕，溫柔地，像輕撫似的抹了抹珍美左邊的臉頰。

他彷彿正在做著一件大事情那樣，一張臉差點便湊到珍美臉上，認真地說：

『你臉有點髒。』

珍美偷偷把臉向他湊過去多一點。她想起來了，出場前因為太緊張，雙手在臉上不停搓揉，一定是那時候把歌詞印到臉上去了。

『行了！』林清揚嘴邊冒出一絲迷人的笑容說。

看著林清揚把抹過她臉的那條手帕放回去口袋裡，珍美垂在兩邊大腿的十根手指頭伸得直直的，踮高了腳尖，差點兒尖叫出聲來，幸好，她按捺住了。

『哇呀……』

商場二樓女廁傳出一聲尖叫。珍美從最裡面的小隔間裡打開門走出來時，嘴角掛著一個甜絲絲的微笑。喊了出來，她的十根手指現在可以彎曲了。

她臉上掛著笑容，嘴裡哼著歌，踏著輕快的舞伐走下樓梯。大堂裡只剩下零零星星的人，珍美看到聖誕老人站在大堂中央四處張望，好像等什麼人似的。

『聖誕老人！』珍美在樓梯上朝他喊，邊跑下來邊使勁向他揮手。
聖誕老人回過身來看到珍美時，愉快地向她揮手。
珍美奔跑到聖誕老人跟前，咧嘴笑著說：
『剛剛真是全靠你在台下提辭呢！要不是你，我也不知怎麼辦！』
聖誕老人聳聳肩，一副不用客氣的樣子。
兩個人有好一會兒沒說話，然後，珍美很感激地說：
『謝謝你啊！聖誕快樂！』
說完這句話，她甩著手裡的包包轉身離開。
走了幾步之後，她突然又停住了腳步。
『聖誕老人，我們是不是認識的？』
她緩緩回過頭去，望著聖誕老人。她想起剛剛要走的時候，聖誕老人臉上露出失望的神情。那神情好奇怪。
聖誕老人定定地看著她，失望的神情頃刻間換上了期待。
『呃！』珍美拍了拍自己的額頭說：『我真傻！所有聖誕老人看起來都是差不多的呀！再見了！』珍美揮揮手，掉轉腳跟往回走。

『你今年不再亂丟高跟鞋囉？』身後的聖誕老人突然冒出這句話。
珍美再一次停住了腳步。
『你——』她猛地轉過身去。『你是去年在這裡的那個聖誕老人？』
聖誕老人扠著圓滾滾的腰點點頭。
珍美連忙飛奔上前，淘氣地扯了扯聖誕老人的大鬍子，抱歉地說：
『你扮成這個樣子，我怎麼認得你！』
『我去年也是扮成這個樣子。』
『但你跟上次好像有點不一樣呢！』
『你剛剛不是說所有聖誕老人看起來都差不多的嗎？』
『別笑我了！你在這裡做什麼？呃……我們好像是約了在這裡見面的啊！』
『對，是這個時代廣場，不是紐約的那一個。』
『你什麼時候下班？』
『我已經下班了。』
『那走吧！』珍美拉著聖誕老人的衣袖邊走邊說：『我要請你吃飯答謝你！』
『等一下，我不能穿成這個樣子走出去。聖誕老人不會在街上吃東西的。』

『那怎麼辦？』

『我去換件衣服。你在這裡等我。』聖誕老人拎起他那個紅色大布袋說。

『好的，我等你。』珍美說。

聖誕老人走了幾步，突然又回頭叮囑珍美。

『你等我，你別走開啊！你別走啊！』

『得了！說等你就等你！』珍美回答。

珍美坐到舞台邊邊，望著聖誕老人揹著大布袋的胖胖的身影消失在商場角落那扇銀色門後面。過了一會兒，那扇銀色門打開，走出來一個挺拔的男生，蓄著清爽的短髮，穿著短夾克和牛仔褲，朝氣勃勃的樣子，深藍色的背包甩在肩上。

男生走到珍美面前，衝她笑笑說：

『走吧！』

『你是誰？』珍美一頭霧水。

『你不是說要請我去吃飯的嗎？』

『你是剛剛那個聖誕老人？你這一次真的跟上一次不一樣喔！』珍美難以置信地上下打量他。『你不是很胖的嗎？』

『我在身上塞了四個枕頭。』

珍美恍然大悟，笑笑說：

『你扮得很像啊！我還以為你很老呢。』

『我已經老得有二十三歲了。』

『真的？那你跟我同年呀！』

『但我看起來比較年輕。』

『胡說，看起來比較年輕和漂亮的都是我！』珍美站起來說。『我們兩個還沒有互相介紹呢，我叫胡珍美。』

『我知道。』

『呃？你怎麼會知道？是我上次見面時告訴你的嗎？』

『你上台的時候，司儀有讀你的名字。』

珍美甩著手裡的包包說：

『呃，對對對！那你呢？』

『胡大仁。』

珍美怔了怔：

『胡大人？法官大人的「大人」？』
『是大仁大義的「大仁」。』胡大仁更正。
珍美仰頭笑了起來：
『這個名字很爆笑呢！我向來都記不住人家的名字，不過這個名字小女子我一定不會忘記的呀大人！何況，你還跟我同姓，我不可能忘記自己姓什麼吧！』
珍美指著從天花板上垂掛下來的小雪人，邊走邊說：
『今年這些雪人很漂亮呢！你有沒有見過雪？我從來沒見過啊！要是有機會到下雪的地方去，我一定要堆一個雪人！你知道雪人是吃什麼的嗎？』
『應該是吃雪花肥牛吧？』胡大仁回答。
『錯了！是雪花膏。你真的是剛剛那個聖誕老人？』珍美突然有點狐疑。
『不，為了跟你吃飯，我把他綑起來塞進馬桶裡去了。』
『哈哈，沒錯，你真的是他，你很詼諧！』

『我沒想過吃飯的意思是吃這個。』

『等我有錢，再請你吃頓正式的吧！學唱歌很貴啊，而且，我突然想吃這個嘛！』

珍美和大仁並排坐在公園的一張長椅上，兩個人各自捧著一盒家庭裝冰淇淋。

珍美用湯匙挖了一小口巧克力冰淇淋塞進嘴裡，吃得津津有味的樣子。

『可為什麼你的是巧克力，我的是草莓？』大仁望著自己那一盒冰淇淋說。

『那便可以兩種味道都吃到啊。』珍美把湯匙伸過去挖了一口大仁的草莓冰淇淋。

『但我喜歡吃椰子冰淇淋。』大仁說。

『椰子有什麼好吃嘛！』珍美皺著鼻子說。

大仁好生奇怪地看著珍美，問她說：

『你輸了為什麼還這麼開心？你去年輸了之後，好像打算去自殺。』

珍美情不自禁地摸著剛剛林清揚替她用手帕抹過的那邊臉頰，嘴角冒出一絲回味的微笑說：

『你不會明白的。』

她又問大仁：

『你有沒有因為太崇拜一個人，所以不敢接近他，甚至不敢去了解他？』

大仁想了一會，回答說：

『有啊！』

珍美連忙問；

『那是誰？』

『我說出來你別笑我。』

『不會啦！快說嘛！到底是誰？』

大仁張開嘴想說，突然又有點害羞地住口。『還是別說好了，我不想太張揚。』

『說嘛！我保證會守秘密。』

大仁咧咧嘴，正經八百的說：

『不就是我自己囉！』

珍美噗哧一聲笑了出來：

『你很像周星馳！』

大仁挑挑那兩道漂亮的濃眉說：

『不會吧？許多人都說我像梁朝偉和金城武的混合體。』

『也有許多人說我像張曼玉和王菲的混合體啊！』

『所以你唱王菲的歌？』

『啊！我喜歡她的歌啊！』

『那為什麼挑〈如風〉這首歌？』

『我就是喜歡這首歌啊！說不出為什麼喜歡，也許是歌詞夠簡單吧。不過我最喜歡的還是〈在下一刻愛上我可以嗎？〉，你有沒有聽過這首歌？』

『很久以前聽過，這不是王菲唱的。你既然喜歡，為什麼不唱？』

『我怕把歌唱壞啊！』珍美仰頭望著天空說：『你有沒有試過面對崇高時，突然覺得自己很渺小？』

大仁的眼睛也抬起來望著天空說：

『要是珠穆朗瑪峰就在我眼前，我應該會覺得自己連一隻渺小的蟑螂都不如。』

珍美眼睛依然望著天空，一隻手摸著左邊臉頰喃喃說：

『說得好！他就是我的珠穆朗瑪峰啊！這首歌是林清揚作曲填詞的，你今天有沒有見到他？』

『你是不是牙痛？為什麼整晚摸著這邊臉？』

珍美回過頭來，發現大仁盯著她看。

『沒有啊！』她又挖了一口冰淇淋吃。

『你平常都是這樣吃冰淇淋的嗎？一吃就是一盒。你吃飯也是吃一桶的嗎？』

『這樣才痛快啊！』

大仁揶揄她說：

『你是不是有暴食症？每次狂吃後會把東西全吐出來，所以吃得這麼可怕也不胖？』

『你有沒有聽過青春不胖纖體中心？在報紙上做很多廣告的。』

『你就是在那裡減肥的？介紹我去！』

珍美看到大仁那副認真的模樣，禁不住咯咯笑了出來說：

『你才不用減肥。要是我像你這麼瘦，我不會想到可以扮聖誕老人呢。呃……我忘了我剛才想說什麼……』

『你提到青春不胖纖體中心！……』

『呃……對，我在那裡上班的。我想說，這個世界就是不公平，有些人怎麼吃也不會胖，有些人就是喝水也會發胖。』

『那麼，老闆應該找你做代言人呀！』

『你別相信那些明星代言人，那些相片全都是經過電腦加工的呀！呃……對了，你為什麼會扮聖誕老人？』

『什麼扮聖誕老人，我本來就是，現在只是微服出巡。』

珍美瞥了瞥他說：

『很好笑，我才不相信！不說便算，你是我朋友，不管你做什麼工作也是我的朋友！呃……我給你猜一個笑話，很好笑的呀！』

『說說看！』

『午餐肉每次見到速食麵都會打速食麵，可是，有一次，午餐肉見到意大利麵卻打意大利麵，為什麼呢？』

大仁懶懶地說：

『因為午餐肉對意大利麵說「你別以為你做了負離子直髮，我便不認得你！」』

珍美怔了怔：

『你以前聽過這個笑話？』

『我聽過我的學生說。』

『原來你是教書的？』珍美挖了大仁一口冰淇淋吃。

大仁點點頭。

『沒想到你是老師呢。你在哪裡教書？』

『順德聯誼會韋小寶紀念中學附屬小學。』大仁回答說。

珍美一聽，含在嘴裡的一口冰淇淋差點兒噴了出來，咯咯地捧著肚子笑，笑得肚子也痛了。

『你別說笑！你到底是在哪裡教書？』

『我就知道你會笑。』

大仁轉過去從黑色的背包中掏出他的教師證來遞給珍美看。

珍美一看，才知道他這回不是搞笑，但她還是笑出眼淚來了。

『我面試時也跟校長提議過不如改名，免得老師和學生尷尬啊！』

『那他怎麼說？』

大仁聳聳肩：

『他問我要不要改做胡大仁紀念中學。』

珍美本來已經笑完了，這下又笑得彎了腰。她心裡想：

『好像從來沒有人逗我這麼開心笑過呢！』

轉眼間，兩個人已經把盒裡的冰淇淋吃得光光的。珍美看看手錶，有點寂寞地說：

『還有五分鐘就十二點囉？我有沒有告訴過你我是聖誕節生日的？』

大仁從身上夾克的口袋裡掏出一條方形的紅色絲巾抖開來放在左手的手心裡。『你的眼淚可以借我一用嗎？』

『你要來幹嗎？』珍美摸了摸黏在臉頰上的白水晶眼淚。

大仁吩咐她說：

『請放在這裡。』

珍美把臉上其中一顆眼淚拿下來，小心翼翼放到大仁手上的絲巾裡。

大仁隨即把那顆亮晶晶的眼淚用絲巾裹起來，靈巧地打了個結，然後放在手裡搓揉了幾下，臉上的表情神秘莫測。

珍美好奇地盯著他雙手看，什麼也看不出來。然而，當大仁再次張開雙手時，卻變出了一朵凝著露水的巴掌般大的紅色玫瑰花來。那條紅色的絲巾不見了，那顆眼淚也不見了。

大仁把那朵玫瑰遞到珍美面前：

『生日快樂！』

珍美接過那朵花，咧嘴笑著：

『謝謝。原來你還會變魔術啊！』

『現在對付那些小學生，沒有幾道板斧是不行的。我常常恐嚇他們說，要是他們夠膽在班上搞破壞，小心我把他們變走。』

珍美將那朵玫瑰花湊到鼻子上聞了聞，跟大仁說：

『這好像是你全晚說得最正經的一句話呢。沒想到你也有正經的時候。』

聽到這話，大仁臉上不禁紅了一陣。

珍美從長椅上站起來，把空的冰淇淋盒子丟進旁邊的垃圾桶裡，拿起包包，問大仁說：

『呃，我二月十四情人節那天會有另一個比賽呀！不過，不是很大規模的比賽，所以我沒有很在意就是了。你有時間的話來支持我喔。有你在，我好像比較幸運呢。』

『在哪裡比賽？』大仁站了起來，把背包甩到背上。兩個人邊說邊走。

『冥王星。』珍美回答。

『你要我坐火箭去？』

珍美咯咯地笑了：

『是尖沙咀冥王星餐廳啊。你會來的吧?要是到時候我贏了,我再請你吃飯。』

『為什麼你參加的比賽都是在節日舉行?先是聖誕節,然後是情人節,你端午節有沒有比賽?』

珍美噗哧笑了出來。她覺得大仁這麼說的話表示他會來。

兩個人在公園外面分手之後,珍美拎著那朵玫瑰花,一個人走在燈火依然絢麗的夜街上。她突然想起有句話好像忘了跟大仁說。她停住腳步,回頭往他剛剛離開的方向看去,他的身影卻已經消失在擠擁的人群裡。

她到底想跟大仁說什麼呢?還是她想說的已經說了?她是不是想說,這個平安夜她過得挺愉快?

chapter 3

平安夜那天，
他和珍美在公園外面分手時，
交換了電話號碼。
兩個多月來的這段日子，
他沒打過去，她也沒打過來，
然而，因為有一個『冥王星』之約
在時間的那一端等著，
反而讓期 待 滋 長……

有了期待，日子就過得特別愉快，彷彿背上長出一雙翅膀似的，做什麼都特別起勁。

『老師，你別踩那麼快，我害怕！』

『別擔心，老師以前是校隊來的！』大仁踩著一輛亮晶晶的銀色單車一路上敏捷地穿來插去。

今天，坐在他車上的是個約莫十歲，蒼白瘦弱，身穿校服和頸巾，戴著瓶底厚近視眼鏡的小男生。

兩年前從教育學院畢業之後，大仁放棄了港島區一所著名男校的職位，選擇了位於屯門的這所順德聯誼會韋小寶紀念中學附屬小學。他覺得這裡的孩子更需要他。

住在這一區的都是窮孩子，除了貧窮，還有各樣的家庭問題。他們或是父母沒時間管教，或是單親，或是背景複雜的問題兒童。

大仁前一年是二年級的班主任，今年跟學生一起升上三年班。為了更接近這些小孩子，大仁想出了一個方法，就是讓班上三十六個學生根據學號的次序每天放學後輪流坐他的單車回家，這樣他便可以多跟他們聊天和了解他們。

這個接放學的服務自推出以來大受歡迎。為了吸引這些孩子坐車，尤其是那些愛炫的小男生，大仁也特別花錢在他的單車上。他這一輛是價錢不菲的名牌，但他還是咬著牙買下來了，每天上學前也把單車擦得光光亮亮。

這天，他車上的是大雄，昨天是技安，明天是叮噹。

這三個學生也是特別讓大仁費心的。就拿大雄來說吧，他的父母在他很小的時候就丟下他不管，大雄跟著姨父姨母生活，寄人籬下，形成了他鬱鬱寡歡，膽小怕事的性格。大仁很擔心他十三歲之前就會患上抑鬱症。

技安是個小胖子，每次輪到他坐大仁的單車，大仁也踩得特別吃力。技安的爸爸和哥哥都是區內的黑幫分子，技安從小耳濡目染，也愛在學校裡欺凌弱小，這樣下去，技安早晚也會加入黑社會。大仁希望盡一切力量阻止他誤入歧途。

叮噹是個漂亮的女孩子，姓鍾名叮噹，卻人不如其名，沉默寡言，從來不笑，大部分時候都只會點頭和搖頭。大仁發現，技安和大雄似乎都暗戀叮噹。然而，這兩個小男生表達的方式截然不同。大雄從來不敢走近叮噹，只敢老遠偷看她。

相反，技安常常欺負叮噹，不是搶她的功課來抄，就是扯她頭上的馬尾，不時恐嚇她說：

『笑一個給我看！不笑信不信我打你！』

可技安從來就沒動手，技安只是愛裝兇和裝酷。就拿昨天來說吧。技安坐在大仁的車尾，這小子本來就已經肥頭大耳，營養過剩，他住的那幢公寓偏偏還位在斜路頂上，每次也害大仁踩得滿頭大汗。

『你可不可以踩快一點！我走路都比你快！』技安在後面吃著口香糖，張開兩條手臂，叉開兩條肥腿不耐煩地說。

大仁喘著大氣說：

『等你減肥再說！』

『我對這個接放學服務很有意見！』

『說來聽聽，但我不一定接受。』

『這單車又舊又土，你什麼時候換過一部新的？』

『你還好意思說？我這部車才用了半年，光是你一個人就坐爆了我兩個輪胎。』

『不如你換一部跑車！跑車威風啊！女孩子都喜歡！』技安雀躍地說。

『你又不是女孩子！』大仁憋住笑說：『我有跑車也不載你。』

『你敢不載我？你信不信我打你？』

『你知不知道我是柔道黑帶？』大仁轉頭瞄了技安一眼，挑挑眉毛說。

技安露出崇拜的眼神，停了一會，又說：

『喂，你有沒有女朋友？』

『我跟你說過多少遍，要是你想我回答你的問題，要先說「老師」。』

『喂老師，你有沒有女朋友？』

『沒有。』

『她們是不是嫌你窮？』

『你信不信我打你？』這回輪到大仁說。

技安害怕地吐吐舌頭，接著又問：

『沒有女朋友，你情人節怎麼過？』

『關你什麼事？』

『哼，你這麼說，信不信我打你？』

『你這個是不是問題？』

技安撇著一張小肥嘴，乖乖地說：

『喂老師，你信不信我打你？』

大仁喘著氣，臉上一逕掛著微笑。平安夜那天，他和珍美在公園外面分手時，交換了電話號碼。兩個多月來的這段日子，他沒打過去，她也沒打過來，然而，因為有一個『冥王星』之約在時間的那一端等著，反而讓期待滋長。想到過兩天就可以再見到珍美，大仁愈踩愈快，愈踩愈起勁，單車終於爬上了斜路頂。

『喂！喂！你別踩那麼快！信不信我……』技安的聲音在後面喊。

風從他臉上吹過，大仁嘴邊一逕掛著微笑，對珍美的感覺鮮活如昨。

單車終於爬上斜路頂。大仁抹抹頭上淋漓的汗水，把車煞停，轉頭跟技安說：

『到了！』

可他後面一個人也沒有。他大驚之下四處張望，發現一團肥墩墩的東西正連人帶書包滾下斜路，邊滾邊喊上來：

『你信不信我打——』

珍美真的是嚇壞了，她只懂一動不動地僵在外面。

『你是不是要進來？』電梯裡只有林清揚一個人，他一手插著褲袋，一手按住電梯，臉露微笑的問珍美。

『呃……』珍美好不容易才挪開穿著厚底高跟鞋的腳步，害羞地踏進電梯裡。

她跟大棵蔥學唱歌一年了，從來就沒有在這幢公寓裡遇到過林清揚。這天她遲到了，三步併兩步的撩起身上的裙子奔跑進大堂來，眼看電梯門正要關上，她大喊一聲：

『等一下！』

當電梯門慢慢打開時，站在裡頭的竟然是林清揚。

珍美進了電梯之後，一直站近門，低著頭，不敢望向林清揚。

『你上幾樓？』林清揚問。

『呃……十二樓。』她小聲回答，一顆心禁不住亂跳，這才明白胡大仁說的，當一個人看到珠穆朗瑪峰的時候，那種覺得自己連一隻渺小的蟑螂都不如的感覺。

電梯緩緩往上升，林清揚突然問她：

『我是不是在哪裡見過你？』

珍美心裡興奮地喊：

『天啊！他認得我！』

『呃……是的，我們平安夜那天在時代廣場見過，那天我是參賽者，你是評判。』

珍美含情脈脈地瞥了林清揚一眼，心裡想：『他的黑髮好柔軟好漂亮啊！髮梢微微翹起來，就像鴨子尾巴般可愛呢。』

『呃，對，你的名字好像是……』

『胡珍美。』珍美回答。

林清揚用手撥了撥頭髮，又問她：

『你上十二樓，是跟吳匆匆學唱歌嗎？』

珍美像搗蒜般點頭，回他說：

『呃！我明天有比賽。』

就在這時，珍美的手機突然響起。她渾身一抖，禁不住臉紅起來。她的鈴聲用的正好是林清揚那首〈在下一刻愛上我可以嗎？〉，為什麼不早不遲偏偏是這個時候啊？她要把打電話來的這個王八蛋碎屍萬段。

她慌忙從包包裡摸出手機來貼到耳朵上，壓低聲音說：

『喂……』

電話那一頭傳來佳佳的聲音。

『喂，珍美嗎？你在哪裡？我……』

『待會再說！』珍美連忙掛斷電話。

『你很喜歡這首歌嗎？』林清揚看著她，嘴角冒出一絲迷人的笑容。

珍美臉上一陣紅暈，只懂把包包揣在懷裡，猛點頭。

然後是一陣讓人心跳加速的沉默。

正在往上升的電梯突然停住了，電梯門在珍美眼前緩緩打開。

『你到了，再見。』林清揚提醒她。

『再見。』

珍美猛然醒過來。她踏出電梯，依依不捨地瞥了瞥林清揚說：

『珍美……』

珍美走了幾步，林清揚的聲音突然在她身後響起。

她連忙朝林清揚轉過身去。

他人在電梯裡，微笑說：

『明天的比賽要加油啊！』

直到電梯門已經關上很久了，珍美依然杵在那兒，丟了魂魄似的，喃喃跟自己說：

『知道了！我一定會贏！我不會讓你失望的！』

珍美不敢相信，她就這麼贏了。

當司儀宣布她的名字時，她還以為自己聽錯了，直到她看見大仁和佳佳兩個人不停在台下向她打手勢，她才知道是她得到第五名沒錯。

她連忙撲出去舞台中央，還險些兒摔了一跤。她從頒獎嘉賓手上領到一個小小的冥王星形狀的銀色獎盃。

她興奮地吻了又吻那個獎盃，不停舉出勝利的手勢，大仁和佳佳在下面使勁為她拍掌。她本來想繞場一周感謝觀眾，但司儀把她攔住了。

今天晚上真的是太完美了。珍美染了一頭橘子色的曲髮，畫了一張豐滿的紅唇，身上穿的是一件有點性感的銀色緊身衫和一襲黑色泡泡迷你裙，把她美好勻稱的身材表露無遺。佳佳說，現在唱歌好不好沒關係，最重要是長得漂亮。要是一個人長得像河馬，唱歌再好也不會有人想聽。

珍美今天的表現也是超水準。她唱歌好像沒走調，她也沒忘記歌詞，這全都虧得大仁。大仁一早就已經到了冥王星餐廳，身上穿一件黑色的夾克。當珍美和佳佳一塊來到時，大仁叮囑她：

『待會你出場，記住要望我！記住啦！我會坐在左邊第一排。』他指給珍美看他的座位。

待到珍美出場時，她緊張地望向觀眾席左邊第一排，看到大仁已經脫下了剛剛那件黑色夾克。原來他裡面穿了一件黑色的汗衫，〈如風〉的歌詞就用螢光筆全抄在上面。在黑漆漆一片的台下，珍美反而看得清清楚楚。

不知道為什麼，一看到大仁，珍美一顆心就安定了，兩個膝蓋也不抖了。她眼睛望著大仁壯闊的胸膛，一字不漏的悠悠唱著歌。

不過，她拿到第五名，最要感謝的還是林清揚。他昨天要她加油的那句話，一直鼓舞著她。為了他，珍美才會勇猛得像賽狗場上的參賽狗，對前頭那隻電兔窮追不捨，這才給她跑出個第五名。

雖然不是第一名，但畢竟是她有史以來頭一次贏啊！

『我們去哪裡慶祝?』

珍美拿著獎盃奔跑到台下跟佳佳和大仁興奮地又跳又擁抱時，佳佳問她。

『我有一個地方要去。』珍美說。

『你要去哪?明明說好贏了要一塊慶祝的嘛!你今天是零的突破呀!』佳佳嚷著說。

『你們去新釗記等我，我很快就來!』珍美跟佳佳說完，又抓住大仁身上那件寫滿歌詞的汗衫，感激地說：『你是怎麼想到這個的啊?』

大仁詼諧地回答：

『我在餐廳外面買的，什麼流行歌都有。』

『你要去什麼地方快點去嘛!然後早去早回!』佳佳在旁邊催促她。

『得了!你們吃著等我!』珍美拎著獎盃，頭也不回的飛奔出去。

4

珍美瞇起一隻眼睛，貼到大門的孔眼上往裡看，林清揚的公寓裡靜悄悄的沒有光，他不在家。珍美有點失望地轉過身子背靠門板上。她很想告訴林清揚，全靠他的鼓勵，她今天拿了第五名。

可他什麼時候才回來呢？

她等了又等，眼睛一直望著電梯。然而，每次當電梯門打開，走出來的都不是他。

珍美噘起嘴望著捧在手裡的獎盃，突然想到什麼似的，嘴角浮起一絲笑意，心裡說：

『這不是更好嗎？』

她用衣袖把手裡的獎盃擦得亮晶晶的，然後蹲下去，小心翼翼放在林清揚家的大門前，站起來，看了看，又蹲下去把獎盃移正，再站起來退後幾步看了又看，心裡想：

『這獎盃雖然小了點，他不可能看不到吧？除非他有夜盲症。噢，不，他眼睛這麼漂亮，不像會有夜盲症啊。』

珍美臉上掛著滿懷憧憬的微笑，眼睛望著獎盃一直往後退，退到電梯裡。她要把這個獎盃，還有以後拿到的所有獎盃都獻給林清揚。

電梯門緩緩打開，珍美走出來，臉上一逕掛著微笑走出那幢公寓。

走了幾步，珍美突然聽到身後傳來一男一女的嬉笑聲，那個男的聲音有點耳熟呢。她轉頭一看，竟然看見林清揚跟一個女的一起。

珍美連忙躲到停在路邊的一輛貨車後面。她悄悄探出頭來，看到林清揚跟那個女的邊走邊說，那個女的長得挺漂亮，可她身上穿的那條縐巴巴的深綠色裙子，讓她看上去活像一隻穿山甲似的。看著林清揚跟那個女人雙雙進入公寓，珍美失神地杵在貨車後面，臉上憧憬的微笑消失了。幸好林清揚沒看見她。

原來他已經有女朋友。

天氣有些凍人了，珍美衣衫單薄，哆哆嗦嗦的一個人走在燈火闌珊的路上。她多傻啊！林清揚怎會喜歡她胡珍美呢？

可她轉念一想，像林清揚這麼出眾的男人，怎麼可能沒有女朋友呢？珠穆朗瑪峰那麼崇高，山下又豈止一隻渺小的蟑螂？也許還有穿山甲和大蜥蜴啊。

『然而，那又有什麼關係呢？』珍美想。喜歡一個人，是無須讓他知道的，只要他快樂就好了。

是啊！只要他快樂，縱使他的快樂是用她的淚水打造的，那麼，她的眼淚也就沒有白白浪費掉，而是變成了酒，含笑喝下去，真誠的跟自己乾一杯。

『酒！我要喝酒！給我拿酒來！』

大仁這個晚上真夠糟糕的。他們在茶餐廳裡等了又等，珍美沒來，佳佳卻不停灌啤酒，灌得醉醺醺的，抓住大仁滔滔不絕的訴苦，說她那個叫麥基的男友情人節丟下她一個人。

她已經喝得快要不省人事了，現在還嚷著要喝。

大仁不時望向餐廳入口，有點心焦地問佳佳：

『珍美會不會去錯了地方？』

佳佳趴在桌子上，一隻手支著頭說：

『不會啦！我們每次都是來這家新釗記，珍美超喜歡吃這裡的蒸雞飯。』

『呃，我知道她跑哪去了！』佳佳突然坐直身子說。『她呀，一定是去找那個人。』

『那個人？』

『就是那個作曲家林清揚呀。呃……我可以再要一罐啤酒嗎？我心裡苦呀！』

『請隨便喝。那個人是珍美的男朋友嗎？』

『不是啦。珍美很崇拜他就是了。珍美說過，他就像什麼峰一樣偉大……呃……到底是什麼峰呢？歐陽峰？喬峰？』

『是不是珠穆朗瑪峰？』

『呃……對對對！你千萬別說是我說的啊！人家根本跟她不熟，只是昨天碰上了，好像是鼓勵了她一下，她現在一定是去報喜了。我最了解她了，珍美死心眼得很！就像我對麥基一樣。』

大仁默然無語地望著街外，看樣子，珍美是不會來的了。

大仁扶著喝得幾乎不省人事的佳佳回到她和珍美的小公寓。公寓裡空空的沒有人，珍美還沒回家。

『請隨便坐喔！』佳佳臉紅紅的癱在客廳中央那張紅色沙發裡。

這就是珍美的家了，大仁四處張望，一種溫暖的感覺浮上心頭。

牆壁上和每個房間的門上全都畫上一個很可愛的大頭娃娃，用色和造型都活潑，讓人一看難忘，禁不住會心微笑。

大仁指著牆上的圖畫問佳佳：

『這是誰畫的？』

『呃？你說這些大頭珍珍，都是珍美畫的呀！』

『為什麼叫大頭珍珍？』

『大頭珍珍就是她自己呀！她這人記性很壞，我們都叫她大頭珍！呃！還有！』

佳佳醉步浮浮的走進珍美的睡房。過了一會兒，只見她拿著一本厚厚的圖畫簿歪歪斜斜的走回來。

『這是她畫的，她有事沒事就愛亂畫。』佳佳把圖畫簿塞給大仁。

大仁坐到一把椅子上，手裡捧著那本圖畫簿，一頁一頁的翻看，裡面的圖畫顏色繽紛，想像力豐富。

『這些畫她畫了多久？』他問佳佳。

佳佳那邊沒回答。

大仁轉頭去看她，才發現佳佳不知什麼時候已經像屍體一樣動也不動，睡死在那張沙發上了。

冷風從敞開的窗子吹進來，夜有點涼，大仁一個人靜靜的坐在客廳裡。那本圖畫簿放在膝蓋上，他一頁一頁的翻下去看得出神，好像也看到珍美畫畫時的模樣。

這一刻，舊時的感覺又重回心頭，他沒想到，一個他原本以為很糟糕的夜晚，會由這些繽紛的色彩輕輕撫過，感覺沒那麼糟了。

珍美沒精打采地回來時，家裡靜悄悄的，客廳裡亮著一盞小燈，窗子全都關好。她發現佳佳弓著雙腳睡死在沙發上，這才想起她本來約好了佳佳和大仁在新釗記見面，她竟忘得一乾二淨了。

既然她那麼容易忘記事情，為什麼偏偏還沒忘記林清揚今天晚上帶著穿山甲一起回家的那一幕呢？

她把佳佳的身子挪過去一些，一屁股擠到沙發裡，抬起雙腳擱在面前的方形茶几上。她的腳這時碰到一樣東西，她直起身子一看，那兒放著一個小小的飯盅，飯盅用一條厚厚的毛巾一層層裹起來，還在前面打了個結，只露出白色的蓋子。

珍美掀開蓋子看看，原來是她喜歡吃的蒸雞飯。好香啊！她連忙鬆開那條毛巾，飯捧在手裡還暖呢。她肚子早就餓扁了，拿起湯匙大口大口的吃飯。

佳佳半張開眼睛看到她，迷迷糊糊的說了一句：

『呃，你回來囉？』

『是你買給我吃的嗎？』

『我？我好像沒有呀。』佳佳一頭霧水，翻了一下身又昏睡過去了。

『不是你還會有誰啊？可你平常沒這麼細心的呀。你變了。竟然想到用毛巾裹著保暖。謝謝你啊佳佳。』夜闌人靜，珍美吃著飯，有點淒涼地說：

『你對我真好。要是你是男人的話，我說不定會愛上你呢。』

7

『我就知道你胡大仁大義凜然大智若愚大方得體大人不記小人過，不會生我的氣，我那天不是故意放你鴿子的。』

『你不用再大下去了，想跟我道歉也用不著大老遠跑來學校找我吧？』

珍美穿著裙子側身坐在大仁的單車尾上，替他抱著背包，咧嘴笑著說：

『沒關係啊。今天我放假，順便去老人院看我奶奶，從老人院到你這裡很近呀。』

大仁邊踩著單車邊說：

『奶奶好嗎？』

珍美怔了怔：

『你認識她？』

『怎麼會？她為什麼會住老人院？』

『她有老人痴呆啊。這個病時好時壞的，她上次認得我好像已經是很久以前的事了。』珍美嘛嘛嘴，又說：

『原來你真的是在教小學的呀！』

『不然你以為我是在那兒念小學嗎？』

珍美咯咯地笑了，說：

『學校裡今天為什麼沒有學生？』

『星期六沒有課，我是回來開會的。』

珍美瞄了瞄大仁的單車說：

『你這部單車很漂亮呢。』

大仁得意洋洋地說：

『算你有眼光！我新買了才半年。』

『很貴吧？』

『那還用說？』

抵達火車站後，大仁從背包裡拿出一把簇新的鎖鏈把單車鎖在火車站外面的停車區。

『你就把它放在這裡？』

『我每天都是這樣。總不成從九龍家裡一直踩來屯門吧？走吧！』

兩個人爬上樓梯，到了火車站月台，登上一列開往市區的火車。

『你打算請我吃什麼賠罪？日本菜還是法國菜？』大仁挑挑眼眉問。

珍美豪氣地說：

『就吃日本菜吧！』

大仁咧咧嘴：

『果然有誠意道歉！』

珍美接著說：

『日本迴轉壽司！』

大仁瞪大眼睛：

『什麼？唉，也好吧！迴轉壽司好歹也是日本菜。』

珍美朝他努努下巴說：

『什麼好歹也是！根本就是！』

珍美的手機這時響起，她在包包裡慢條斯理地掏出手機貼到耳朵上。

『喂，我是。你是誰？你是創世記？』珍美朝大仁扮了個鬼臉，沒好氣的對著電話那一頭的陌生人說：

『真好笑！你是創世記，我就是馬太福音！』

大仁哈哈地笑了，珍美更笑得捧著肚子，喘著大氣又問那人：

『你到底找誰？呃？你不是創世記，你是鄺世紀先生？』

珍美這會兒張大嘴巴，笑不出來了，戰戰兢兢地對著手機說：

『呃……鄺先生，是的，你沒找錯人，我是胡珍美。找我試音？現在？我有空啊！好的！我馬上就來！』

珍美掛掉電話，抓住大仁兩個衣袖說：

『他是鄺世紀啊！』

大仁怔了怔：

『鄺世紀是誰？』

『你沒聽過他的名字嗎？他是著名的唱片監製，冥王星那天的比賽，他是評判之一呢！他要我現在去試音！』

大仁狐疑地說：『你？』

『呃，找我試音有什麼出奇？』

『不是冠亞季軍才可以試音的嗎？』

『那就證明我唱得比他們都要好！』

珍美突然整個人撲到車門上問：

『這列車什麼時候才到九龍啊？』

大仁連忙把她抓回來：

『你想跳火車呀你！』

珍美急得磨蹭著腳，抱歉的跟大仁說：

『對不起，我今天不能請你吃飯了！』

『你要不要我陪你一起去？我可以在附近等你，有個人給你壯壯膽。』

珍美眼睛一亮：

『也好啊！有你在身邊，我運氣特別好。就像今天，連創世記都找上門來了！你真是我的聖誕老人！』

大仁聳聳肩，笑得有點無奈。

8

胡大仁有多麼無奈？

那天，他陪著珍美去唱片公司試音。望著她走進那幢大廈，他留在外面等她。她唱歌唱成這樣，只有她自己不知道，又怎麼可能會有唱片公司找她試音？大仁就是不放心。

等到珍美終於從那幢大廈出來，大仁才放下心頭大石。

珍美一走出來，就興高采烈地拉住大仁說：

『你真是我的吉祥物！鄺世紀說要簽我做歌星啊！』

『你已經試音了？』

『沒有啊！』

『不是說來這裡試音的嗎？』

『他說那天在冥王星已經聽過我的歌聲，所以就不用再唱了。』

大仁狐疑地問：

『他還說什麼？』

『呃……他說我將會是公司二〇〇〇年的秘密武器！他還說我會比王菲更紅！』

『你？』

珍美猛點頭，手指指著大仁說：

『你不相信對吧？我自己也不相信！沒人會相信！』

『那誰相信？』

『鄺世紀要我相信他！所以我要相信！你要相信！』

大仁覺得這個鄺世紀實在是太可疑了。有誰竟然說珍美會比王菲紅，這人要不是聾的便是居心叵測。

然而，看到珍美滿懷希望的樣子，大仁不忍心掃她的興。他問她說：

『他有沒有要你簽什麼合約？』

『沒有喔！呃……他為什麼不馬上跟我簽約呢？』

『合約別亂簽，先拿來給我看！我英文比你好。』

珍美笑笑說：

『知道了！』

大仁又說：

『這個鄺世紀要你做什麼之前，你也要先找人商量一下。』

『唔……我會跟佳佳商量，我什麼事都會跟佳佳商量。』

『佳佳不行。』

珍美怔了怔：

『為什麼？』

大仁沒好氣的說：

『佳佳比你還要蠢。』

珍美盯著大仁，衝他說：

『呃？你說什麼？』

大仁咧咧嘴，憋住笑說：

『你這麼聰明，她比你蠢有什麼稀奇？』

珍美笑開了：

『那倒是！可你千萬別在佳佳面前這樣說。她受到麥基長期的打擊，自信心很脆弱的啊。呃……那我該找誰商量？還有誰比我聰明？』

大仁連忙清清喉嚨，引起珍美的注意。

珍美眼珠子一轉，搭住大仁的肩膀，咧嘴笑著說：

『對呀！我還有你呢，你好像比我聰明。』

『什麼好像？根本就是！』

大仁故意裝出一副勉為其難的樣子說：

『唉，好吧！你做什麼都先跟我商量一下。我是你的吉祥物，問過我準會事半功倍。』

『知道了！自從認識你之後，我好像一直都走運呢。我太高興了啊！』珍美甩著手裡的包包走在前面大聲說。

突然間，她停住了腳步，轉過身來盯著大仁，笑笑說：

『難道你是來報恩的？』

大仁臉上起了一陣波動。他抿抿嘴唇，烏亮亮的眼睛望著珍美，默然無語。

珍美掉轉腳跟，重又往前走，沒看到大仁臉上的波動。隨後她自言自語說：

『要不是這樣，我們兩個人為什麼會認識啊！』

大仁收起了心中要說的話，叮囑她：

『總之什麼都跟我商量一下。』

『得了！得了！我們打勾勾好了。』她快樂地朝大仁豎起一根小指。

儘管珍美嘴裡答應，大仁還是替她擔心。

可他能做的也只有擔心，他難道能夠像哥哥一樣管她嗎？

他也不可能干涉她的生活。

面對她的自由，他只能夠無奈地往後退，默默的祝福她。

珍美畢竟有自己的日子要過，又何況，那天分別之後，一個月都過去了，珍美並沒有找他，沒有跟他商量什麼。她說不定已經忘記了他的叮嚀，甚至忘掉了他，不知不覺地，把他的身影從生活中抖落了。

9

珍美這個月的日子過得很糟就是了，她不知道為什麼會這樣。

那天頭一次跟鄺世紀在唱片公司見面時，他說公司將會不惜工本打造她成為二〇〇〇年的超級新人，還會把最好的作曲家和作詞人找來。

然而，一個月下來，珍美什麼人也沒見到，每天只是陪鄺世紀吃飯。吃飯時，鄺世紀都灌她喝很多酒，珍美只好陪他喝。結果，鄺世紀每次都首先醉得不省人事，趴在桌上打呼嚕大出洋相。珍美不想喝酒就是這個原因，她一向喝多少都不醉。

日子一天天過去，每當珍美問鄺世紀什麼時候開始錄唱片，鄺世紀都會敷衍她說：

『我要多跟你聊天，了解你，才知道你適合唱什麼歌。你以為出唱片這麼簡單的嗎？』

有一次，珍美因為要加班而不能陪鄺世紀吃飯，鄺世紀有點不高興地說：

『你這人怎麼搞的？你到底想不想唱歌？』

珍美只好把心一橫回去辭職，反正她遲些忙著錄唱片也是要辭職的。

佳佳知道她要辭職，還擔心她會搬走。

珍美安慰她說：

『你和我都是孤零零一個人，我不跟你住跟誰住？我怎麼捨得搬走？』

發生了那麼多事，珍美本該找大仁商量一下，聽聽他的看法。然而，她擔心大仁會覺得她是個虛榮的女孩子。

她寧願等到有好消息的時候才告訴大仁，讓他誇獎誇獎她。

可是，這天晚上，珍美知道不會有什麼好消息了。

這一天，珍美跟鄺世紀兩個人在一家小餐廳吃飯。鄺世紀學乖了，只喝了兩杯酒。飯吃到一半，珍美終於忍不住問：

『鄺先生，我們什麼時候會簽約？』

鄺世紀沒回答，一味色迷迷地望著珍美的厚嘴唇，說：

『有沒有人說過你嘴巴很性感？』

珍美一臉尷尬地笑笑，冷不提防鄺世紀這時突然伸手過來捏了她的屁股一下。

珍美嚇了一跳，連忙撥開鄺世紀那隻手，質問他：

『你幹什麼你？』

鄺世紀臉色一沉，有點生氣的說：

『你別裝純情了！像你這種女人我要多少有多少，我跟你玩是給你面子！你以為自己是什麼料子？五音不全也可以當歌星！』

珍美兩片嘴唇哆嗦著，臉上禁不住流下一滴顫抖的淚水。她沒說話，慢慢彎下身去。當她站起來時，手裡已經抓住一隻高跟鞋，不由分說的往鄺世紀頭頂砸下去。

『哼！現在讓你看是誰五音不全！』

她說完，一拐一拐的走出餐廳，邊走邊把那隻鞋子穿回腳上。

10

『珍美，你怎麼了？』

一把熟悉的聲音在她身後響起。

『你來了？』珍美幽幽地說。她背朝著大仁，沒轉過臉去看他。

『你沒事吧？』大仁氣急敗壞地說。

剛才珍美滿懷羞辱的從餐廳走出來，好想找個人說話，大仁正好打到她的手機。

他就像他一向那個樣子，愛跟她耍嘴皮，逗她說：

『喂！胡珍美，我是胡大仁。你這人怎麼這麼沒信用？上次答應請我吃迴轉壽司，我等到脖子都長了。你難道想賴帳不成？』

珍美聽到大仁的聲音，眼睛一熱，就禁不住嘩啦嘩啦地哭起來，哭得上氣不接下氣，眼耳嘴鼻全都扭在一起，稀里糊塗地不知自己說了什麼，只聽到大仁緊張的聲音說：

『你在哪裡？別走開，我馬上來！你等我啊！』

她孤零零杵在夜靜的皇后像廣場等著，沒想到大仁很快就來了。

珍美有點沙啞的聲音說：

『我是不是很沒用？二十三歲了，一事無成……為什麼我的人生過得那麼爛？沒錢沒男友沒工作沒有人愛我……整天只會做歌星夢？我真討厭我自己！』

大仁溫暖的聲音在她身後說：

『你轉過身來再說話。』

珍美倒抽了一口氣，低垂著頭，緩緩轉過身去。她右邊眼肚上瘀青了一塊。

大仁一看，忙問她：

『你怎麼了？剛剛在電話裡你不是說你用高跟鞋砸他頭頂的嗎？』

他看了看她的臉，冒火地說：

『他是不是打你？』

珍美連忙搖著頭說：

『是我自己走出餐廳時不小心在溝渠邊摔了一跤。』

她慚愧地瞥了瞥大仁，發現他頭髮亂糟糟，身上的呢絨夾克穿反了，一隻腳上是白色球鞋，另一隻腳上卻是黑色球鞋。

她望著他雙腳，問他說：

『為什麼你兩隻鞋不一樣？』

大仁低下頭去看了看自己雙腳，沒表情地回她說：

『我就是喜歡這樣穿。』

珍美站累了，坐到腳下的台階上，兩個手肘沮喪地支著膝蓋，問大仁說：

『你坦白告訴我，我唱歌是不是很難聽？我到底是不是五音不全？』

她抬起黑溜溜的眼睛可憐巴巴地望著大仁，冀求著他的一句安慰。她希望有個人告訴她，她其實沒那麼糟。

『你豈止五音不全！』她沒想到大仁會突然冒出這句話來，然後連珠炮發似的衝她大聲說：『你簡直不適宜唱歌！你連唱歌和朗誦的分別也不知道，荒腔走調不在話下，一唱到高音就變成鬥雞眼！只有你自己不知道！』

珍美呆了一下，腦筋一時沒轉過來。她以為大仁是在說笑，可這笑話也未免太刻薄了些吧？然而，當她看到他臉上一笑不笑，才知道他不是在說笑。

她嘛嘛嘴，委屈地咕噥：

『你這麼兇幹嘛？人家才剛剛從魔掌逃出來呢。枉你還說為人師表，一點愛心也沒有。我叫你坦白，沒叫你這麼坦白，就算我肚裡可撐船，也會難堪的呀。』

『難堪？你懂什麼難堪！』大仁惱火地指著她那頭染成橘子紅色的曲髮說。『你看你！你頭髮什麼時候正常過？不是像一捆電話線就像一盤紅蘿蔔。你別以為有幾分姿色就可以當歌星！你能當歌星我也能當美國總統！』

『胡大仁！』珍美臉憋得通紅，一肚子火從台階上拔起身來。他不安慰她也還罷了，這麼說話也真夠混蛋的。她扠起腰吼回去：

『我什麼地方得罪你了？我跟你說，你別得勢不饒人！我唱歌走音關你什麼事！我頭髮愛怎樣就怎樣！輪不到你管！你能當美國總統我就是你老子！你什麼東西你？你以為你是誰呀！』

『我是……』大仁說到嘴邊的話突然打住。

『你說呀！你是誰！』珍美怒火地把高跟鞋從腳上拔下來，作勢要朝他砸過去。

大仁抬起手擋住頭，邊退邊說：

『我愛是誰就是誰！你是我老子我就是你老子的老子！你這隻鞋砸過色魔別砸過來！』

珍美二話不說把高跟鞋朝他砸過去，怒氣沖沖的吼道：

『是另一隻！』

大仁身子一側，那隻鞋從他面前飛過去了，丟在老遠的後頭。

『哼！好身手！』

大仁拍拍身上的灰塵，挺挺胸膛說：

『哼！我柔道黑帶！』

『哼！我恆宇仁龍拳資優班！』珍美捋起兩個衣袖惡狠狠的一拐一拐走上前。

大仁連忙紮穩馬步說：

『有種別過來！』

『我現在就過來！』珍美朝大仁大步走過去。

她從他身邊走過時卻沒停下來。她俯身拾起那隻高跟鞋拎在手裡，突然覺得心裡有股淚意。她憋著淚往前走，沒回頭去，一邊走一邊把鞋子穿回腳上。顫抖的聲音，既是說給他聽，也是說給自己聽：

『我胡珍美沒交過你胡大仁這個朋友！你是誰也好！我會忘記你！我會忘記你！忘記你怎麼對我！那我就不會記得你怎麼侮辱我！我就不會傷心！』

chapter 4

珍美有點苦澀的吞吞口水。

要是大仁在這裡該多好啊！有他在就有個說話的人。

他也不過就是說話坦白了些吧，

她卻將一肚子的屈辱一股腦兒的發洩到他身上。

這下可好了，大仁再不會理她，她也沒藉口找他。

大仁可是她認識的人之中最聰明也最有趣的啊，

所以當初才會跟他像一見如故似的……

大仁真想隨便拿些什麼砸到自己頭上去。那天晚上他好不容易才想出一個藉口找珍美。

其實，珍美已經請他吃過迴轉壽司了，可她記性不好，也許會不記得。要是萬一她記起來，說：

『我不是請你吃過了麼？』

那麼，大仁也早已經想好了怎麼說。他打算裝著給她識穿了，然後打哈哈說：

『想騙你一頓飯吃還真不容易。』

可他聽到珍美在電話那一頭哭得上氣不接下氣，他擔心得什麼都不記得了，抓起衣服就飛奔出去。

然而，當他看到珍美把自己弄成那個樣子，他不由得火冒三丈，罵了她一頓，還把話說得那麼難聽。

她那麼可憐的一個女孩子，被人欺負，找他出來，也不過想聽幾句安慰的話。這下可好了，珍美不會再找他，他也休想再見到她。

火車緩緩駛進月台停下來。大仁甩上背包沒精打采地走出火車站，穿過早上趕著搭車出市區上班的人潮，來到車站的停車區拿他的單車。

老遠看到他那部車子時，他張著嘴定住了。他的單車是他的嗎？昨天明明還是好端端的，現在從頭到尾給人用噴漆噴花了，簡直是慘不忍睹。

他一看就知道是誰做的。

『哼！我沒有做！』給大仁抓到教員室的技安憤怒地說：『你冤枉我，信不信我打你！』

不是技安還會有誰？這陣子，大仁心情本來就不好，上星期批改測驗卷時，他一看到技安的測驗卷就看得眼睛冒火，把測驗卷丟到技安面前質問他：

『你寫什麼鬼東西？』

技安叉開雙腳站著，神氣地說：

『造句啊！』

大仁生氣地說：

『造句啊？那好！你給我唸來聽聽！連題目一起唸！』

『唸就唸！』技安撇撇那張小肥嘴開始唸：

『勇敢。陳小勇敢打他老子。

思念。周思思念書的成績一向很好。

忘記。丁芳芳過目不忘記性很好。

傷心。媽媽說，酒喝得多傷心又傷身。』

『你這造什麼句你！』大仁氣得給了他一個零鴨蛋。

這一刻，看樣子並不是技安做的。技安不像會說這種謊。

不是技安又會是誰？大仁想，也許是附近的流氓吧。他近來倒楣就是了。

然而，一個星期之後，當他早上走出火車站，走路去拿他的單車時，他發現他花了大半天才把噴漆擦掉的單車可憐巴巴的停在那兒，一個輪胎不知道跑哪裡去了。

2

珍美從便利商店沒精打采地走出來，口裡咬著一排Kit Kat巧克力，邊吃邊在街上晃蕩。她找工作找一天了，兩個膝蓋都快累癱。早知道當初就不該那麼魯莽辭職，她沒想到她的工作這麼快給人頂上了。如今市道不好，她手頭上的錢快花光了，要是明天再找不到工作不知道該怎麼辦。

天已經暗下來了，珍美走著走著，又來到那家寵物店對街的拐角。她幽幽地杵在那兒，目光越過街上的路人，看進店裡去。

珍美看到那個窈窕清秀的長髮女子脫下了身上的工作袍，坐在鋪上報紙擺了飯菜的一張小小的摺疊桌子前面。她對面坐著一個年紀和她差不多，理了個小平頭的男人，兩口子有說有笑地吃著看起來很美味的飯菜。

珍美有點苦澀的吞吞口水。要是大仁在這裡該多好啊！有他在就有個說話的人。那天大仁一聽到她在電話裡哭就趕出來，也真夠朋友的。他也不過就是說話坦白了些吧，她卻將一肚子的屈辱一股腦兒的發洩到他身上。

這下可好了，大仁再不會理她，她也沒藉口找他。大仁可是她認識的人之中最聰明也最有趣的啊，所以當初才會跟他像一見如故似的。

最後的一片Kit Kat巧克力吃完了，珍美用手揩了揩嘴巴，看向店裡正在吃飯的那兩個人，禁不住又摸著肚子吞了吞口水。熟悉的手機鈴聲這時響起，她有氣無力的從包包裡掏出手機，貼到耳朵上說了一聲：

『喂——』

『喂……珍美嗎？我是大仁。』

電話那一頭傳來大仁久違了的聲音。珍美一聽到他的聲音，精神一振，本來想說：

『是你啊？』

可這句話說到嘴邊忽然改成滿不在乎的一句：

『哼！是你？找我什麼事？哼？什麼？你敢懷疑我？我現在就過來，你有種別走開！你別走開你！』

3

茶餐廳裡人聲鼎沸，彌漫著食物溫飽的香味，珍美多麼想念這裡的蒸雞飯、水餃麵，還有熱騰騰的魚片粥和炸醬麵啊！她失業了大半個月，幾乎天天都在家裡吃杯麵，這些杯麵還是佳佳買的。佳佳雖然有工作，可佳佳的錢常常用來補貼那個軟飯王麥基，最近就給他買了一支最新型號的手機，因此佳佳也比她好不了多少。

珍美這邊廂把一口雞飯塞進嘴裡，那邊廂又吃一口魚片粥，她面前還放著水餃麵和炸醬麵。她恨不得把這裡所有的美味佳餚都吃下肚子裡去。

『瞧你這副模樣，你三天沒吃飯啊你？』大仁說。『你這樣暴飲暴食，相信很快就可以回去青春不胖了，不過不是回去上班，是回去減肥。』

珍美吐吐舌頭，又點了一杯紅豆冰，說：

『誰要你！你竟敢懷疑我不敢來吃你這頓和頭酒，我就吃給你看！』

『好！你儘管吃！能吃多少就吃多少。』大仁說。『那我們就前事不記囉？』

珍美滿足地吃了一口炸醬麵，揚揚手說：

『我大人不記小人過！』

『好！』大仁拍了一下桌子說。『我就是喜歡你不像女人！你現在有什麼打算？』

珍美嘆了一口氣說：

『我能有什麼打算啊？繼續找工作啊。呃，你有沒有工作介紹給我？我什麼都肯做的呀。我這人別的不行，就是能吃苦。』

『有是有——』大仁從背包裡掏出一張報名表來遞給珍美。

珍美看了一下，不解地問：

『報名表？設計學院？』

『你畫畫那麼有天分，該去念設計。』

珍美怔了怔：

『你怎知道的？你看過我畫的畫嗎？』

大仁認真地點點頭。

『你什麼時候看過？』

大仁回答說：

『佳佳給我看過你那本圖畫簿。』

『佳佳真是的！』珍美嘛嘛嘴說。『我這人嘛就是不愛張揚，那些畫我亂畫罷了。』

『亂畫也能畫成這樣，不簡單。』

珍美啜了一口紅豆冰，說：

『不是每個人都會畫畫的嗎？』

『當然不是。』大仁說。『你很有天分。』

珍美喜孜孜地說：

『我可以畫得更好！畫畫太容易了，我覺得簡直沒什麼挑戰性。』

『那就別埋沒自己的天分。天分不是每個人都擁有的，這個世界上只有很少天才。』

珍美噗哧一聲笑了出來：

『你這麼說，我覺得自己好像是梵谷。』

『那就去試試看！』大仁指了指她手上那張報名表說。

『還是不要了。』珍美瞥了大仁一眼，把報名表塞回去給他。

大仁問她說：

『為什麼？』

珍美回他說：

『我根本不是讀書的料子。中學會考的時候只有美術一科拿了個A，其他全都不及格。』

『設計學院看重的不是成績，而是天分。會考成績不是最重要的。』

珍美撫著吃撐了的肚子懶洋洋地說：

『梵谷才不用上設計學院啊！』

『我看你是害怕考不上吧？』大仁瞧了瞧珍美，邊說邊把那張報名表收回去。『對啊！要是考不上多難堪啊！到時候我一定會拿這件事取笑你，讓你無地自容自慚形穢，以後在我面前也抬不起頭做人啊！』

珍美撇嘴笑著說：

『你這是激將法啊？你以為我會那麼容易便中計麼？』

大仁看了珍美一眼，聳聳肩說：

『你要找下台階隨便你！算是我看錯了，你根本就不是什麼天才！』

『哼！你把報名表拿回來！』珍美生氣地說。『我這就考給你看！』

『還是不要了。』大仁邊說邊把報名表塞回去背包裡。『做人呀還是不要逞強得好，輸了多難看。』

『你給我拿回來你！』珍美氣炸了，伸手過去抓住大仁的一條手臂，把那張報名表搶回來，攤平在桌子上，跟他說：

『拿筆來！』

大仁連忙從口袋裡掏出一枝原子筆遞給她說：

『好！你填完我替你交回去。你那本圖畫簿明天一併交給我遞上去。』

珍美低下頭，聚精會神地填表，把每個字也寫得端端正正的。寫到一半，她突然一臉茫然地抬起頭來，問大仁：

『呃……你記不記得我是什麼星座的？』

大仁怔了怔，伸長脖子看了看她正在填的那張報名表，不解地問：

『這報名表要填星座的嗎？』

『哈哈！上當了！』珍美笑了起來，筆頭指著大仁說。『我騙你的啊！哪會要人填星座？』

然而，兩個星期都快過去了，珍美開始覺得真正上當的是自己。她幹嘛那麼愛逞強？現在還沒收到設計學院的面試通知，要怎麼找下台階啊？大仁到時候一定會取笑她，讓她抬不起頭來。

或許她到時候可以帶點憤世嫉俗的說：

『這個世界沒眼光的人多得是！梵谷也是死後才成名的呀！』

可是，大仁一向愛跟她耍嘴皮，他會那麼輕易放過取笑她的機會嗎？

珍美窩在家裡那張布沙發上，屈起一條腿，心不在焉地用紅筆在報紙的求職專欄上打圈圈，愈想愈後悔上了大仁的當。

好不容易等到佳佳下班回來，珍美沒精打采地說了一聲：

『你回來囉？』

佳佳邊脫鞋子邊朝她晃晃手裡的一袋脹脹的東西，說：

『我買了麵包啊！關門前全部半價呢。』

珍美懶懶的起身去拿麵包，把一個火腿包塞進嘴裡。

『呃……』佳佳從大衣的口袋裡掏出一疊信來說：『還有這些信。』

『有沒有寄給我的？』珍美連忙拿過那疊信一封一封的翻。

佳佳走進廚房裡倒一杯水喝，出來的時候，推著一個單車輪胎說：

『你這輪胎為什麼一直丟在廚房裡啊？還有這東西……』佳佳把手裡的一罐噴漆擱到茶几上，坐下來說。『放在廚房裡會爆炸的呀！』

『哇呀！』珍美突然大聲叫了出來，手裡拿著一封拆開的信，走過去摟著佳佳興奮的說：

『他們通知我去面試呀！』

『什麼面試？』佳佳一頭霧水的問。

珍美連忙抓起電話說：

『我要告訴大仁！』

她撥了他的號碼，挨在沙發上，一聽到他的聲音就得意洋洋的說：

『你猜我找你做什麼來著？沒辦法，這個世界就是很多人有眼光！設計學院通知我去面試呢。呃？什麼時候？讓我看看……是下星期啦。』

佳佳湊過去豎起耳朵聽珍美跟大仁在電話裡說什麼。

珍美繼續說：

『你早猜到？沒有呀！我根本沒擔心過會沒得面試。等我考上了再說？噢，人家好害怕考不上喲！等我考上了想吃什麼儘管開口？哈哈，那你死定了……』

等珍美掛了線，佳佳禁不住問她：

『你是不是喜歡胡大仁？你剛剛跟他說話一直都笑得甜滋滋的呢。』

『我只是太高興罷了！我和他不就是朋友嘛。』珍美把一條腿擱到面前那個單車輪胎上說。

佳佳也把一條腿擱上去，好奇地問：

『你這輪胎到底做什麼用？是從哪裡弄來的？』

珍美帶著幾分內疚，尷尬地告訴佳佳：

『不就是朋友的嘛。』

然後，她黑亮亮的眼睛嚮往地說：

『我心裡只有一個人。等我明兒有錢再去大棵蔥那兒學唱歌，就可以見到他了。』

4

珍美一個人坐在茶餐廳裡，吃一口雞飯，又吃一口水餃麵。看到大仁從門口走進來時，她連忙朝他猛揮手。

大仁匆忙坐到她面前，背包甩下來放在身邊。

『你約我出來什麼事？』珍美邊吃邊問。

『還有兩天就要面試了，我真的害怕你考不上會自卑。』大仁說著從背包裡掏出幾張寫滿字的紙說。『所以呢，我四處打聽了一些以前設計學院面試出過的試題，給你練習一下。』

珍美眼睛一亮，說：

『好啊！面試都問什麼的？』

大仁抖開手上那幾張紙，說：

『都是些很奇怪的問題。』

珍美好奇的問：

『有多奇怪？說來聽聽，看看我會不會答？』

『這裡有一題，主考官可能會給你一張白紙，要你拿這張紙做點什麼。』

『我可以畫畫啊！我就畫大頭珍珍！』

大仁皺皺眉：

『但考官已經看過你的畫。』

『可他們不知道畫得多快啊！我畫畫很快的呀。』

大仁點點頭：

『對！天才做事很少慢吞吞的。那你面試時記得帶顏色筆去，我到時再提醒你。

呃，這裡還有一題，考官可能會給你一條絲巾，看看你拿這絲巾幹什麼。』

珍美胸有成竹地說：

『我變魔術喔！』

大仁怔了怔：

『你會變魔術的嗎？』

珍美搖搖頭回他說：

『我不會呀！但你可以教我嘛！你不是曾經用一條絲巾把我的眼淚變成玫瑰花嗎？』

大仁臉上紅了一陣，把手上那幾張紙稍微抬高了一些遮著臉說：

『唔……唔……那好，我待會教你用絲巾變……變點什麼。唔……這裡還有一題，很有趣……』

『怎麼有趣？快說來聽聽！』珍美啜著紅豆冰問。

『要是你身上只有二十塊錢，這是你全部的家當了，那你明天怎麼辦？』

『明天是什麼日子？我明天在什麼地方？』

大仁從那疊紙後面冒出頭來說：

『明天就是明天，哪裡都一樣。』

珍美側側頭說：

『不一樣的呀！要是明天是聖誕節，我在香港，我那二十塊錢就用來買一份聖誕禮物送給自己，再壞的事，過了聖誕這天再說。要是明天是新年，我在羅馬，我就把這剩下來的二十塊錢全都換成銅板，丟到許願池裡許一個願望。』

大仁禁不住朝她豎起大拇指說：

『答得好！沒想到你這人沒頭沒腦還真有點情懷。你就這樣反問考官好了。不過，問題還是要回答的。要假設明天就是明天，你什麼地方都沒去……』

珍美雙手托著頭，烏溜溜的一雙杏眼望著天花板，她很想說，她身上現在真的只有二十塊錢，這就是她全部的家當了。

『我就說，我用來買玫瑰花給自己，能買幾朵就幾朵。』珍美說。這會兒，她坐在迴轉壽司的吧台前面，三排空空的碟子在她面前堆得高高的。

那天她跟大仁花了一個晚上研究以前的試題，關於這一題，他們想好了幾個答案，由她臨場再決定怎麼回答。珍美沒想到結果面試那天真的會出這一題。

那天負責面試的系主任是個女的，一聽到珍美的答案就點頭微笑。珍美一顆心當場就定下來了。面試結束，系主任告訴她，他們學系一般不會立刻決定錄取一個學生，但珍美是個例外，還有珍美那些圖畫也讓他們印象深刻，所以，珍美獲得錄取了。

『輸給你了！』大仁坐在她身邊，吃著壽司，露出一副苦哈哈的樣子說。

珍美咧嘴笑著說：

『不是早跟你說過嘛！做人還是別逞強的好，輸了多難看啊。』

『那什麼時候開學？』

『開學？』珍美又拿了一碟壽司，邊吃邊說：『我沒說過要去讀書呀。』

大仁呆了一下，問她說：

『為什麼？』

珍美嘆了口氣說：

『我失業這麼久了，哪裡有錢讀書？而且一讀就是兩年，不可能啊！我連房租都沒錢交了。我去報名，只是要證明給你看我能考上。我明天還是要去找工作的。』

『學費你不用擔心，我替你付吧！還有房租，也包在我身上。』大仁說。

珍美定住了，轉過頭來，怔怔地望著大仁說：

『你為什麼對我這麼好？』

大仁抿抿嘴，告訴她：

『我愛……才！我不忍心看到你這麼有才華卻沒機會讀書。』

珍美咬咬嘴唇，感動的說：

『你真是個好老師，能做你的學生真的很幸福。』

大仁鬆了一口氣說：

『那就一言為定！你放心去讀書吧。』

珍美卻搖搖頭說：

『謝謝你啊。雖然有時候我覺得我們好像認識很久了，但我們真的沒認識多久，我不能欠你這個人情。那筆錢數目很大啊。』

大仁拍拍胸膛說：

『我錢很多。』

珍美又搖搖頭說：

『教書又能賺多少？』

『我剛剛繼承了一筆遺產！』

『遺產？』

『呃……是個遠房親戚的，他生前只有我一個親人。數目不是很大，但我一個人怎麼花也花不完，挺煩的，找個人幫忙花一點也好。你現在反正也失業，不如乾脆去讀書吧，等找到工作還可以半工半讀啊。要是你不想欠我人情，將來有錢再慢慢還給我吧。』

珍美望著大仁說：

『你難道真的是來報恩的？我們以前認識的嗎？』

過了一會，她突然又說：

『你不會是喜歡我吧？但我只當你是朋友……』

『我怎會喜歡你？』

『呃，你說什麼？我有什麼不好？』

『我的意思是……我已經有女朋友了。』大仁說。

珍美狐疑地問：

『那你為什麼一直不說？』

大仁回答：

『我人很低調。』

珍美盯著他看了一會，說：

『那你明晚把她帶出來給我看看。』

『你說的女朋友就是他？』

珍美簡直是太意外了。

這會兒，坐在她面前的是大仁，跟大仁親暱地黏在一塊的是身穿低領粉紫色套頭毛衣，露出胸口，臉上架著一付深紫色鏡框眼鏡，一條紫紅色的絲巾在脖子上打了個蝴蝶結的紫衫人。

兩個人不時含情脈脈的互相對望。

『唔！我一向是扮演女的。』紫衫人羞人答答的瞧了大仁一眼。

『我是扮演男的。』大仁挺挺胸膛，現出一副男子氣的模樣。

珍美剛剛來到這家茶餐廳，看到大仁跟紫衫人一塊的時候，還好奇地問他們兩個：

『呃……你們原來認識的嗎？』

她壓根兒沒法將這兩人聯想成一對。前一天，當大仁告訴她『我已經有女朋友了！』那一刻，珍美說不上來心裡那種怪怪的感覺，好像乍然有幾分失望，也好像有幾分無端的失落，覺得本來跟她很親近的大仁一下子離她遠了。

可她明明只當大仁是朋友，她真正喜歡的是林清揚，她不知道怎麼解釋這種怪怪的感覺。

後來她想，那全是因為她和大仁認識的日子雖然短，兩個人卻實在太投契了，感覺就像兄妹那樣。

沒有一個妹妹會喜歡哥哥的女朋友的啊！

然而，要是哥哥的女朋友是個男的呢？

這一刻，珍美覺得心裡舒坦多了，本來一下離她遠了的大仁，又變得跟她近了。

她不知道天下間的妹妹是不是都寧願哥哥喜歡的是男人，那就可以永遠擁有自己的哥哥。

可是，珍美目不轉睛地望著大仁，總覺得有點什麼地方不對勁。她望了望紫衫人，終於說：

『他一看就知道是Gay。但你怎麼看都不像啊！』

正在吃一塊牛油吐司的大仁瞥了紫衫人一眼，紅著臉說：

『是他改變了我！』

紫衫人連忙點點頭附和說：

『唔……我們的關係是那種一生一世的。』

大仁一聽，本來咬在口裡的牛油吐司幾乎吐了出來，他狼狽地連忙用手掩住嘴巴。

珍美怔了怔：

『你沒事吧？』

紫衫人邊替大仁掃背脊邊說：

『跟你說了多少遍？吃東西別那麼急，好像明天沒得吃似的。』

大仁臉漲紅了，拿起面前的一杯白開水骨碌骨碌地喝下去，然後深呼吸了一下，開口說：

『從表面上看來，的確非常難懂。』

珍美猛點頭，說：

『就是啊！』

『但那重要嗎？』紫衫人兩條手臂抱在胸前，搶著說。

『對……對……那重要嗎？』大仁說。

『大部分的人呀……』紫衫人有點動氣的說。『就只會看表面！』

珍美覺得他們兩個說得挺有道理的。她才不會像大部分人那麼膚淺。她朝大仁咧嘴笑笑說：

『怪不得我常覺得我們就像兩姊妹那麼要好。』

大仁牽牽嘴角似笑非笑的說：

『那麼，你現在可以放心去讀書了吧？錢的事就包在我身上。』

珍美有點苦惱地說：

『既然你沒喜歡我，那我就更沒理由花你的錢呀！』

大仁一時答不上來，紫衫人這時卻開口說：

『你有所不知了，這就是Gay的美善喔！』

珍美聽得一頭霧水：

『Gay的美善？』

紫衫人說：

『是這樣的，我們一群Gay的朋友，都有一個心願，就是要善待身邊的人，尤其是你們這些異性戀的。我們要證明雖然我們跟你們不一樣，但我們也有一顆美和善良的心，那就可以減少歧視，給Gay界一個機會，還世界一個奇蹟！珍美，Gay界需要你！你要是再拒絕大仁的幫助，就是歧視我們！』

珍美連忙抓住紫衫人的手說：

『紫衫人，我怎會歧視你們？』

『別再叫我紫衫人！叫我阿祖！』

大仁終於鬆了一口氣，說：

『那你就是答應了啊？』

珍美用手擦了擦眼角的淚水，顫著聲音說：

『我太感動了啊！你們對我太好了！我以後找朋友也要找Gay的！』

『你別哭，看見你哭我也會忍不住哭的呀！』紫衫人掏出一條紫色手帕抹抹眼角說。

大仁笑笑說：

『珍美，你什麼都別管，只要專心去讀書就好了！』

珍美咬咬牙：

『可是我擔心……』

大仁說：

『不是說過錢的事不用擔心嗎？』

『不是錢……我已經很久沒讀過書了，英文又不好，不知道追不追得上……』

紫衫人笑笑說：

『哎呀，你忘了我是補習天王嗎？有我在……』

沒等紫衫人把話說完，大仁搶著說下去：

『有什麼不明白的儘管問我好了，我替你補習！』

珍美望大仁，覺得好像從來就沒有人對她這麼好過。她兩片嘴唇顫抖著，『嗚哇』一聲的撲到桌子上，抖著兩個瘦小的肩膀，不停啜泣。

大仁慌忙問她：

『你怎麼了？』

『都叫你不要哭了！』紫衫人看著此情此景，也忍不住臉埋大仁的肩膀上哭了起來。

大仁緊張地側下頭去問珍美：

『你是不是還有什麼擔心的？』

珍美這時抬起那張滿是淚痕的臉，用手揩了揩鼻子嗚咽著說：『大仁，我不會忘記你……對我這麼好。』

當她相信了，他卻又突然覺得一份無以名狀的失望。
她想相信，只有一個原因：因為她沒有也不想愛上他。然而，

她相信總 比 不 相 信 的 好……

chapter 5

大仁的心情矛盾極了。他既想珍美相信他是Gay，

她為什麼會相信他是Gay？她那麼容易就相信，只有一個原因：因為她想相信。

大仁坐在一棵大樹的樹蔭下，手裡拿著一袋白麵包，一小塊一小塊的撕開來塞進口裡，吃得滋滋有味。

那天在茶餐廳裡聽到珍美跟他說『我不會忘記你……』這句話的時候，雖然知道她說的是以後而不是從前，他還是覺得心都軟了。只要她答應去讀書，她忘了他又有什麼關係？為了讓珍美接受他的幫助，他一時情急，說自己已經有女朋友了。說完他才後悔，他跑哪裡去找一個女朋友來啊？

幸好，他突然想起了紫衫人。一九九八年平安夜，在時代廣場舉行的那場歌唱比賽的舞台上，他認出唱歌的紫衫人阿祖是他的一個中學的學兄，兩個人當年都是學校劇社的中堅分子，合演過『霸王別姬』，他演霸王，紫衫人演虞姬。

一年後，冥王星餐廳的歌唱比賽結束後，他在男廁外面又碰到阿祖，兩個人熱絡地寒暄了一會，交換了電話號碼，阿祖叮囑大仁一定要找他，臨走時還跟他說：

『你真沒心肝！霸王怎可以把虞姬給忘了啊！』

當大仁硬著頭皮找阿祖的時候，阿祖一口就答應了，他在電話那一頭說：

『我也挺喜歡珍美，這個女孩子好可愛喲！』

於是，那天在餐廳裡，大仁跟阿祖繼當年的『霸王別姬』之後，在珍美面前再度攜手合演了一齣戲。大仁起初還擔心珍美不相信，沒想到她深信不疑。

大仁的心情矛盾極了。他既想珍美相信他是Gay，當她相信了，他卻又突然覺得一份無以名狀的失望。她為什麼會相信他是Gay？他身上有哪個地方像Gay？她那麼容易就相信，只有一個原因：因為她想相信。她想相信，只有一個原因：因為她沒有也不想愛上他。

然而，她相信總比不相信的好。

離開茶餐廳之後，阿祖開車送大仁回家。在車上，阿祖問他：

『你為什麼對珍美那麼好？』

大仁回答說：

『我只是想幫她，她很有天分。』

阿祖瞥了他一眼，說：

『那麼多有天分的人你都不幫，卻寧願假裝自己是Gay的來幫她，你不是喜歡她又是什麼？』

『她已經有喜歡的人了。』他苦澀地笑笑，又說：『沒想到這麼多年沒見，你的演技還是那麼厲害，全靠你剛剛說的那番話，才說服了她去讀書。』

阿祖有點氣結的說：

『你以為我說的Gay的美善是信口開河的嗎？那真的是我的一個心願喔，我們幾個朋友想過成立一個基金的啦！』

大仁抱歉地笑笑說：

『將來等我有錢，我一定會捐錢給你們這個基金。』

阿祖一眼看穿了他的心事，問他說：

『其實你沒有很多錢供她讀書，對吧？我知道一個小學教師賺多少錢。』

大仁咧嘴笑著說：

『我會想辦法的。』

『小丑，該你開工了！』一個穿制服的女工作人員這時走來跟他說。

『呃！知道了！謝謝你。我馬上來！』大仁匆匆灌了一口白開水，把嘴裡的麵包沖下肚子裡去，然後站起來，掃了掃身上的麵包屑，摸摸頭上那個七彩繽紛、蓬蓬鬆鬆的鬈毛小丑假髮有沒有戴歪了。他臉上塗了白色油彩，鼻尖上夾著一個渾圓的紅鼻子，畫了一個誇張的大嘴巴。他身上穿的是顏色鮮豔、兩個袖子掛著一串響鈴的小丑服。

他手裡拎著一個搖鼓，腳上一雙硬硬的小丑鞋『噹噹噹』的走出去，開始在海洋公園裡到處逗小孩子玩，跟他們拍照，在他們面前出其不意的表演一點小魔術。

他很久以前因為好奇而上過小丑學校，沒想到如今終於派上用場。除了這份兼職，阿祖又介紹了一位專門辦宴會派對的朋友給他認識，於是，他接到很多工作，例如是在小孩子的豪華生日會上表演，那些孩子看到小丑都很高興。

有時候，他又會扮成邦尼兔、毛毛狗或是大灰熊，出現在某個人的家門外或是辦公室裡，送上客人要他帶來的驚喜禮物，接著手舞足蹈的唱一首生日歌。他唱歌自然是比珍美唱得好。

幸好他教的是上午班，每天用單車把學生送回家之後，他還有一整個下午和晚上可以去兼職。禮拜六和禮拜天就更忙了，阿祖有幾個朋友找他上門教柔道。這些人都付得起錢。

要是還能夠擠出一點時間的話，大仁希望可以再接一些兼職。除了珍美的學費之外，他要付自己和珍美的那一份房租。每個月，他儘量多存一點錢進珍美的帳戶裡。她念設計要買不少工具，又需要電腦和參考書。女孩子也總得多買幾件衣服穿。他想她可以無憂無慮地念書，不用為錢發愁。

『那邊有小丑呀！』

他身後響起一把興奮的叫喊聲。他循著聲音轉過頭望去，看到一個一頭鬈毛的胖得不行的小女孩，幾乎是用滾的滾到他腳邊，使勁抓住他一條腿，幾乎把他的褲子也扯了下來。他連忙揪住褲頭，變出一根棍子糖給她，才把她打發掉。

然後，他繼續在公園裡四處遛達，逗遊人歡笑。他做那麼多的兼職就是為了供珍美念書，然而，因為忙著兼職，他跟她見面的次數反而愈來愈少了。

就像剛剛過去的聖誕節，是千禧年的第一個聖誕，也是珍美的二十四歲生日。他多麼想陪在她身邊，可聖誕節那段日子，每天都有幾個派對和舞會，人客出的錢是平時的好幾倍。為了多賺點錢，他只好咬咬牙全都接下來。

聖誕節前幾天，珍美打到他的手機時，他剛剛從一個小孩子的生日會扮完聖誕小丑回家，正在浴室的鏡子前面用雪花膏使勁抹掉臉上厚厚的化妝。珍美問他：

『你聖誕節那天有空嗎？』

他只好說：

『聖誕節我很忙啊。』

她問他說：

『我知道了！你是不是在時代廣場扮聖誕老人？我來找你好嗎？我聖誕節閒得很。而且，時代廣場有歌唱比賽啊。嘻嘻，你放心，我沒參加。我不會再唱歌了。你不是說過我根本不適宜唱歌嗎？』

他抹著臉上的口紅說：『你別的不記，光記著這些。我不會在時代廣場，我這個聖誕忙得很！』

『你忙什麼？』

『我……我就是忙！我跟阿祖有幾個派對要去。』

他聽到珍美失望的聲音在電話那一頭低低地說：『那好吧！遲些見。』

他沾滿雪花膏的手掛掉電話，望著鏡中一張肥膩膩的臉和因為疲倦而泛紅的兩隻眼睛，看到的卻是珍美那張像花開一樣的笑臉，一瞬間，思念的滋味，夾雜著舊時的形影，苦苦的，在他心頭縈繞不去。

『你臉怎麼了，瘦好多啊！下巴也尖了呢。』珍美隔著桌子望著大仁那張消瘦了的臉龐說。

『呃？是嗎？』大仁摸摸自己兩邊臉頰說。『我故意的。』

珍美怔了怔：

『故意？』

大仁點點頭說：

『我減肥。』

珍美嘁嘁嘴說：

『你？你才不胖。紫衫人，呃……不……阿祖為什麼不來？』

『他？呃……他今天晚上要補習。』

『喔……』珍美吃了一口熱騰騰的蒸雞飯，又啜了一口紅豆冰。她望著大仁面前那杯白開水和雞蛋三明治，禁不住問他：

『你吃這麼少，你不餓嗎？』

大仁說：

『我？我不餓。我減肥啊！我規定自己晚上只吃一片三明治。我白天吃很多，大魚大肉的呀！你夠不夠？要不要再來一個水餃麵一個炸醬麵？讀書少點氣力也不行啊。』

『我夠了啊，我又不是三天沒吃飯。』珍美望著大仁，總覺得他有點什麼地方跟以前不同，卻又說不上來。

她答應接受他的資助去讀書，照理說，他們應該因此變得親近些才是。然而，大半年過去了，大仁卻好像離她遠了點，也陌生了些。他常常都說很忙，忙得連見個面的時間都沒有。他們上一次見面，已經是上個月的事，也是在這家茶餐廳裡。

那天，餐廳裡人很擠，她也是坐在這張桌子，眼睛一直望著門口。看到大仁進來時，她朝他揮揮手，怕他看不見。

他走過來，望著她的新形象，嘴角冒出一個詼諧的笑容，邊坐邊說：

『我看到你了！別以為你做了負離子直髮我便認不出你來！』

珍美記起那個午餐肉跟速食麵跟意大利麵的笑話，咯咯笑了起來。她早陣子把一頭長曲髮弄直了，染回原本的黑色。

大仁瞄了瞄她，說：

『你這回終於像個人了！』

『什麼像個人？我以前就不是人麼？』

大仁翻翻眼睛說：

『你那個紅蘿蔔頭唯一的好處就是讓人老遠都可以看到你。』

『哼哼！』

『呃……還有你那個龍珠頭很爆笑你自己知不知道？我忍了幾年才說出來就是怕你自卑。』

『哼哼！』

『還有你那些歌衫……』

『我那些歌衫怎麼了？』

『顏色不是金就是銀，不是銀就是銅，你參加奧林匹克運動會啊你？』

『哼哼！』珍美掃了大仁一眼，大仁又掃了她一眼，兩個人都忍不住笑了出來，愈笑愈厲害，笑得兩個肩膀開始抖動。

就是啊！珍美也弄不明白自己以前為什麼會喜歡那種打扮。開學頭一天，她也是像平時那樣，頂著一頭紅髮，身上穿緊身衫和窄短裙，腳上一雙高跟鞋，拿著一個銀色的包包就上學去。

結果，那天班上每個人都對她投以異樣的目光，接下來的幾天，沒有人願意跟她說話。她班上有個正在矯牙，戴著牙套，名叫莎莎的女生，這個可惡的『鋼牙』有一回在女廁的洗手槽前面跟另一個女生說：

『瞧她那身打扮，真不知道是誰讓她進來的？還說念設計，哼！一點品味也沒有！』

那時，珍美剛剛進了女廁最裡面的一個小隔間，她真想馬上衝出去，脫下腳上的高跟鞋就朝『鋼牙』頭上砸下去。

然而，轉念一想，要是她因此給學校開除學籍，她倒無所謂，可大仁會怎麼說啊？他一定會挖苦她的呀。也許他並不是存心挖苦她，而是對她失望，不過，他會把話說得很刻薄就是了。

珍美最後並沒有走出來。等她聽到『鋼牙』和那個女生離開之後，她才禁不住一把眼淚一把鼻涕的哭了起來，舉起兩個拳頭坐到馬桶蓋上跟自己說：

『我不會讓你們這些人看扁我！我強！我強！我史上最強！』

這件事，她從來就沒跟大仁提起過，也沒告訴佳佳。

後來她漸漸發覺，那不是別人的問題，而是她自己。學生就該有個學生的模樣，她穿成那個樣子，難怪別人不喜歡她。那地方可不是以前的青春不胖纖體中心啊。

現在她上學都很樸素，穿的是汗衫、牛仔褲、半截裙和布鞋。她也不化妝了。她跟『鋼牙莎莎』倒是不打不相識，兩個人沒多久變成很談得來的朋友，常常一起留在學校裡做功課，又一起去圖書館找資料。

珍美沒想過自己那麼快就適應了學校的生活，也沒想過自己真的可以重拾書本。系內的老師不時稱讚她，同學也羨慕她的圖畫畫得漂亮。她現在很喜歡讀書，愈讀愈有興趣。她以前為什麼會不喜歡讀書呢？也許她那時根本不知道自己想要什麼。她竟以為她的專長是唱歌，整天做著歌星夢。她浪費了多少時間啊。

大仁說她根本不適宜唱歌，說得雖然刻薄了些，卻是最難得聽到的真心話，就像一盆冷水迎面潑過來，把她潑醒了。

要不是大仁，她想都沒想過再讀書。沒有他的錢，她也讀不成書。儘管他常常掛在嘴邊說他不愁錢，從親戚那兒繼承的那筆遺產又會生利息，利息再生利息，可珍美還是能省就省。那畢竟是大仁的錢。

光是他買給她的那台電腦，就很讓她過意不去了。

有一天，她在學校裡留得很晚，大仁打到她的手機，說：

『突擊檢查！』

她笑了起來，說：

『突擊檢查？我很勤力啊我。現在都還在學校裡。』

大仁問她：

『這麼晚了，為什麼還不回家？』

『我要用電腦啊。』

隔天夜晚，家裡只有她一個人，大仁竟然像聖誕老人一樣，扛來一台漂亮的蘋果電腦給她。那台電腦差不多要兩萬塊錢，班上許多同學都還沒有。

大仁把電腦放到她房間的書桌上，將電腦和螢幕從紙箱裡拿出來開始動手安裝。

珍美一邊挪開書桌上的東西一邊說：

『這台電腦比學校那一台要先進許多呢。我才剛剛學會用電腦，用不到這麼好的東西啊。』

大仁爬到桌子底下去，邊插上電源繞好那堆電線邊說：

『你有沒有聽過「工欲善其事，必先利其器」？這台電腦特好！做設計的怎能沒有？你將來有很多地方用得著它。自己家裡有一台，就不用在學校裡跟別人分著用，那多寒酸啊！我這人就是……』

大仁沾著灰塵的雙手抓住桌子的邊邊退出來站起身，繼續說：

『……愛瀟灑啊我！』

珍美一句話也沒說，從後面攔腰摟抱著他。

大仁整個人定住了，動也不動，有點難為情地說：

『你……你這是幹什麼？』

珍美臉抵住他的背，幸福地說：

『我感動啊我！你對我太好了！』

大仁眼角的餘光從肩膀瞄了瞄她說：

『那你也不用……不用撲上來啊！』

珍美用手來回掃著他暖洋洋的肚子說：

『怕什麼嘛！你是Gay啊！』

他收回了目光說：

『呃……對……對……請隨便抱……請隨便。』

珍美換另一邊臉貼上去：

『我會的。你很好抱啊你！』

『這……這我知道，你抱歸抱，別流口水啊你！』

『我哪有啊！』珍美噗哧一聲笑了出來，撫著他的肚子說。『你肚子好扁啊。』

大仁背對著她，喃喃地說：

『我就是各方面都瀟灑啊我。』

這會兒，珍美隔著茶餐廳的桌子望著大仁那個凹了下去的肚子。他剛剛吃完雞蛋三明治，又要了一杯白開水。

距離上一次見面，珍美覺得大仁比以前變沉默了，彷彿心中藏著什麼秘密。不過，珍美習慣了想不通的事情就別去想，擱在一旁好了，反正她很快便會忘記。

於是，她笑笑說：

『你為什麼突然嚷著減肥？你身材已經很瀟灑了啊！』

大仁灌了一口水，說：

『我想更瀟灑啊我。』

珍美把一口雞飯塞進口裡。吃到一半，她突然想起什麼似的，說：

『呃！我有好消息要告訴你！老師今天提議我把插畫寄去日本參加插畫師新秀賽呢。』

大仁眼睛一亮，責備她說：

『你為什麼不早點說？』

珍美吐吐舌頭：

『我一直跟你說話，忘了啊。呃……你替我決定一下該寄哪些插畫去比賽？』

『那還用問？當然是大頭珍珍！大頭珍珍夠瘋夠可愛啊，除了你，真是腦筋稍微正常點的人都畫不出來。』

『哈哈！我也是這麼想。』珍美說著從擱在身旁那個長長的畫筒裡倒出一捲圖畫來朝大仁攤平在桌子上，問他：

『這些都是大頭珍珍，你替我挑一張，我決定不了該用哪一張參賽。』

大仁拿起那疊畫紙，仔細地一張張翻看，最後挑出了一張。

『你真的挑這一張？』珍美眼睛笑著說。『我也是最喜歡這一張「大頭珍珍漫遊娃娃屋」呢。』

大仁看著那些畫，突然問：
『這些畫你還有沒有？』
珍美回答：
『我家裡還有很多。』
大仁把畫捲起來，只留下比賽用的那一張還給珍美，然後說：
『這些都給我。』
珍美好奇地問：
『你要來幹什麼？』
大仁故作神秘的說：
『遲些告訴你。』

那天晚上回到家裡，大仁把珍美的大頭珍珍圖畫全都用相機拍下來，拷貝了幾份電腦光碟。

隔天他帶著光碟到補習學校去找阿祖，阿祖在兩節補習課之間有一點空檔，這件事情他們在電話裡談過了。

到了補習學校，那位嘴邊有顆銷魂痣，穿一襲鮮紅色裙子的中年女接待員帶他到阿祖的房間，告訴他，阿祖還有十分鐘才下課，要他隨便在那兒坐一會。

大仁才坐了一會就覺得有點頭昏眼花。他從來沒見過某個人的辦公室可以從房門到天花板到地毯到牆壁，還有書桌、電腦、文具、電線、椅子和桌燈所有東西都是不同的紫色，他整個人好像被一片紫色浮了起來似的。

十分鐘後，阿紫……不……是穿紫色襯衫白色西褲的阿祖終於下課回來了。

看見大仁時，阿祖吃驚地說：

『噢……大仁，你怎麼了？為什麼臉色發紫的？你不舒服嗎？』

大仁苦笑說：

『誰坐在這裡看起來都會紅得發紫。』

阿祖掩著嘴巴發出一串銀鈴般的笑聲，然後拿起桌子上的一個紫色大口玻璃杯喝了一口水。

大仁把光碟交給他說：

『就麻煩你了！』

阿祖掏出一條紫色手帕抹抹嘴巴說：

『放心吧！我剛好就認識幾個總編輯。』

大仁接著說：

『稿費多少不成問題。你看看！珍美真的很有潛質！』

『得了！』阿祖瞧了瞧大仁的臉頰說：『天啊！你不單發紫，你臉都凹下去了。聽說你接了很多派對工作，是嗎？你這不是太辛苦了麼？』

大仁笑著說：

『怎麼會？一點都不辛苦。你有工作再介紹給我。』

阿祖朝大仁搖搖頭嘆了一口氣說：

『唉，情為何物，我是珍美的話，真是會感動得死給你看喔！』

大仁尷尬地笑笑，然後趁自己還沒昏倒之前，逃出那個紫色的辦公室。

從補習學校出來的時候，天已經黑了。他買了幾個麵包，邊吃邊跑上一輛巴士，趕著上門去教柔道。

他知道自己的毛病就是愛裝瀟灑。他念中學時選了柔道而沒像大部分男生那樣愛上踢足球，是因為他覺得足球這項運動通常是由一群短腳虎追著一個球跑，很難會瀟灑。

他中學那幾年故意沒有很勤力讀書，才可以經常保持班上第十名的位置，因為他覺得考第十名的孩子通常是比考第一名那些死讀書的四眼田雞聰明許多的。考第十名看上去也比較瀟灑。

他上小丑學校是因為他覺得小丑都有一種對人歡笑，卻把悲傷留給自己的說不出的瀟灑。

他的確是害怕寒酸，尤其是對感情寒酸，付出去的感情，渴望一點回報，那不就是寒酸而不瀟灑麼？

可他漸漸領略到瀟灑的一份無奈。

那天在珍美家裡，他替她安裝電腦時，她突然從後面攔腰抱著他，摩挲著他的肚子。那一刻，舊時的關愛又浮上心頭，他多麼想抓住她那雙柔軟的小手。

她卻說：

『怕什麼！你是Gay嘛！』

他那雙差一點就碰到她的手連忙放回去鍵盤和滑鼠上，假裝專注地望著電腦螢幕開始裝置程式。他甚至還瀟灑地告訴珍美，她可以隨便抱他。

後來離開了她的家，回去的路上，珍美留在他背上的餘溫，一直在他心中逡巡不去。

他突然明白，只有離她遠一點，才可以繼續瀟灑。

他不知道自己是忙著兼職沒時間見她，還是故意用工作把僅餘的一點時間也填滿，那就不會在她面前顯出對感情的寒酸。只有在很思念她的時候，他才會用『突擊檢查』做藉口打電話給她，聽聽她的聲音。

他曾經多麼渴望每天也見到她，他故意用調侃和取笑來接近她，卻漸漸發現每見她一次，總是比上次更想抱著她。

於是，他只好悄悄的往後退。

4

珍美激動得一連往後退了幾步，要不是大仁及時把她拉住，她險些兒就撞到一根電燈柱上去了。

她手裡捧著最新一期的《WAN WAN》。這本最暢銷的時尚月刊在中間大頁登了她的大頭珍珍，還有她一張小小的照片，簡介上說她是新進的插畫師。

她一直是《WAN WAN》的超級忠實讀者，每一期都買。她甚至夢想過有一天會成為《WAN WAN》的封面女郎，不過是以紅歌手的身分，而不是現在這樣，由大頭珍珍捷足先登。

今天是週末，她要上半天課，還沒買書，放學時就接到大仁的電話要她馬上去銅鑼灣。她匆匆從地鐵站出來，大仁已經在車站外面等著，塞給她一本《WAN WAN》，嘴角冒出一個神秘的微笑，跟她說：

『你看看！』

她一頭霧水的翻了一頁又一頁，直到她看到大頭珍珍在書裡出現。她差點撞到燈柱上去了。

『為什麼會這樣的？』

她仰頭問大仁。

大仁說：

『這些圖畫是你給我的。』

『我？』她怔了怔。『是嗎？這張照片也是我給你的囉？』

大仁笑笑說：

『是佳佳給我的，我要她先別告訴你。』

『她真的好像沒跟我說過啊。可是，他們為什麼會登我的畫？這本可是《WAN WAN》啊。』

大仁告訴她說：

『阿祖認識這本書的總編輯。不過，最後決定登出來可不是靠關係的。他們一看就喜歡大頭珍珍，還想你每期都替他們畫插圖。我看稿費多少不重要，這本月刊讀者很多，讓多些人認識你，那才重要……』

大仁還沒把話說完，珍美就跳到他身上去，雙手摟住他脖子，兩條腿箍著他，害他身子晃了一下，背上的背包歪了。

『你真是我的吉祥物！謝謝你啊。』

大仁一雙手僵在大腿兩邊，有點結巴地說：

『那……那你也不用一聲不響就跳上來。你樹熊啊你？』

珍美像爬樹似的牢牢地摟住他，免得自己從他身上滑下來。

『我激動啊我！我竟然可以在《WAN WAN》畫插圖！』

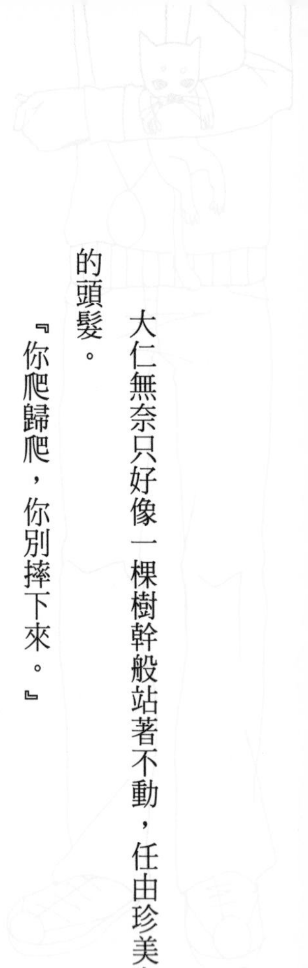

大仁無奈只好像一棵樹幹般站著不動，任由珍美在他身上攀爬，一張臉不時摩挲他的頭髮。

『你爬歸爬，你別摔下來。』

珍美臉抵住他的肩膀，喃喃說：

『我們是最好的兄弟。』

大仁好一會兒都沒說話，然後終於說：

『你很重啊。有什麼高興事，你下來再說。』

『好的！』珍美身手敏捷的跳回地上來，滿足地把那本沉甸甸的《WAN WAN》抱在懷裡，跟大仁說：

『我們去吃蒸雞飯慶祝！』

『我還有點事要辦，改天吧。』大仁把歪了的背包甩回背上去，有點抱歉的說。

『喔……』珍美失望的噘噘嘴。『那改天吧。』

大仁笑笑說：

『我趕時間，我先走囉。你別把銅鑼灣的《WAN WAN》全都買回去。』

珍美笑了出來：

『你怎麼猜到的？我想買好多本留念啊。你趕時間，你先走吧。』

就在大仁轉過身過去的時候，珍美看到一個紅色的小圓球從他敞開了一半的背包裡掉下來。她走上去把那個小圓球拾起來，看了看，那並不是小圓球。

『大仁——』她叫住他說：『你掉了東西。』

『什麼事？』大仁回身問她。

看到她的模樣時，他好像嚇了一跳。

珍美鼻尖上逗趣地夾著一個小丑的紅鼻子，朝大仁咧嘴笑著，問他說：

『你背包裡為什麼會有這種東西？』

大仁連忙伸手把那個鼻子從她臉上扯下來藏在掌心裡說：

『你看錯了！什麼也沒有。』

珍美不服氣，抓住他那個拳頭想掰開他五根手指：

『我明明看到一個小丑鼻子。』

大仁縮回那隻手，兩隻手握著拳頭在珍美眼睛前面晃來晃去，晃了好一會兒。

珍美覺得眼睛都花了。當大仁再度在她面前攤開兩個手掌時，小丑鼻子不見了，他左手的手心裡亮出一個晶晶的櫻花紅色小彈球。

大仁咧嘴笑笑說：

『你剛剛看到的是這個。』

珍美用兩根手指頭撿起那個小彈球放在眼睛前方，看到裡面許多小氣泡綴滿了銀色的閃亮亮的粉末。

她移開目光狐疑地瞄了大仁一眼。

他雙手抄在背後，瀟灑挺拔的身子站在她面前，好像一位魔術師剛剛演出一幕毫無破綻的魔術，嘴邊冒出一個謎樣的微笑。

突然之間，珍美被自己心中一個可怕的想法嚇倒了。她想：

『可惜他是Gay啊。』

5

『這種想法有多傻啊，他本來就是Gay的。』珍美把大仁送她的那個小彈球抓在手裡，不禁笑話自己。

大仁走了之後，她一個人在街頭晃蕩，一路上又買了幾本《WAN WAN》，兩本給自己，一本給佳佳，一本改天去老人院看奶奶時帶去給奶奶看，一本……

她走著走著又來到那家寵物店附近。她站在對街的拐角，想起過去無數心情沮喪和無聊的日子，她都會來這兒看看。唯有這一天，《WAN WAN》登了她的插畫。一夜之間，她彷彿有了一個新的身分，她是一位插畫師。她心中感到有些得意，就又來了。

寵物店外面圍攏著一群看狗兒的人，堵住了她的視線。珍美只好站在對街無聊地玩著手裡的小彈球。等到堵在門口的那幾個人散去之後，她臉上帶著微笑看進店裡，發現那個清秀的長髮女子的肚子微微隆了起來，跟那個理了個小平頭的男人一起，兩個人正忙著餵飼籠裡的十幾頭小狗。

珍美臉上的微笑消失了，她明明記得上一次來這裡的時候，長髮女子還沒身孕的啊。她的肚子是什麼時候大起來的？珍美捏緊手裡的小彈球，突然覺得很生氣。

『哼！討厭啊！』她一時冒火，掄起手臂，把大仁送她的那個小彈球朝寵物店的櫥窗狠狠的丟出去。

『哎唷！』小彈球沒丟中櫥窗，而是在半路砸到某個人的頭頂，然後彈回來。珍美連忙伸手抓住那個球。

被砸到的那個男人臉帶慍怒的轉過頭來想找兇手。珍美一看到他，簡直嚇呆了。

『天啊！為什麼剛巧會是他！』她心中喊著說。

林清揚看到她了，珍美連忙把那個闖禍的小彈球藏在身後。林清揚這時卻大步朝她走來，臉上的惱怒不見了，風度翩翩地撥了撥他那像鴨子尾巴的髮梢。他打量了珍美一會，臉露微笑的說：

『你……我們是不是在哪裡見過？』

珍美害羞地點點頭：

『我是胡珍美，我在吳匆匆那兒學唱歌時見過你，你還曾經鼓勵我呢。』

珍美的手機偏偏就在這時響起，那鈴聲正是林清揚那一首〈在下一刻愛上我可以嗎？〉。

珍美慌忙從包包裡摸出手機來。她的手機為什麼總是不早不遲選在這種時刻響起？她這回真的要把打電話來的人碎屍萬段。

她尷尬地把手機貼到耳邊，沒理會對方是誰，只說了一句『待會再說！』就匆匆掛掉電話。

林清揚終於想起來了，微笑說：

『你樣子變了很多。』

珍美告訴他說：

『我回去念書了。我念設計。我沒有再學唱歌了。』

林清揚隨口說：

『那可惜。』

『呃？可惜？』珍美心裡嘀咕，她覺得今天好像是第二次聽到『可惜』這兩個字。

『你的手機給我。』他突然說。

『呃？』她怔了怔，不過還是把手機交給他。

林清揚拿著她的手機按了幾個鍵，〈在下一刻愛上我可以嗎？〉的鈴聲又響起來，不過，那鈴聲卻是來自他西褲的口袋裡。

他從口袋裡掏出手機看了看，然後掛掉，朝珍美露出一個帥氣的微笑說：

『那我就有你的手機號碼。我現在約了人，改天找你。』他說完，上了一輛計程車。

珍美痴痴地望著車子在她視線裡消失。原來他也是用這首歌做鈴聲呢。

他的手機號碼也留在她的手機裡，她連忙把它儲在電話簿裡。

他說改天找她是認真的嗎？他現在會不會是趕著去見穿山甲？

珍美早陣子在一本雜誌上看到林清揚跟穿山甲從一家餐廳出來的照片。穿山甲原來是名媛來的。那本可惡的雜誌竟然嘲笑林清揚是『一曲歌王』，說他除了幾年前寫的這首〈在下一刻愛上我可以嗎？〉之後，一直都沒有什麼見得人的代表作。

她的手機鈴聲又響起，珍美整個人抖了一下，既驚又喜，沒想到林清揚這麼快就打來。她抓住手機，溫柔地說了一聲：

『喂——』

電話那一頭卻不是林清揚的聲音，而是老人院裡的方姑娘。

『呃……方姑娘……剛剛那個電話是你打來的嗎？對不起，我不知道是你。是不是我奶奶有什麼事？』

6

珍美依偎在奶奶身邊。奶奶坐在老人院大廳的桌子前面，正聚精會神地看《WANWAN》。

奶奶慈愛地撫撫珍美的頭，稱讚她說：

『你從小畫畫就漂亮！』

珍美幸福地笑了笑。今天發生的事真是太多了。方姑娘在電話裡說，奶奶嚷著要見她。那就是說，奶奶今天不痴呆了，她記得自己有個孫女兒。

珍美匆匆趕來，奶奶果然認得她，還埋怨她說：

『你為什麼這麼久沒來看我？』

珍美抗議說：

『我每個月都有來，是你不認得我。』

奶奶搖搖頭說：

『我怎會不認得你？我記性好得很！』

珍美苦笑了一下，挨著奶奶說：

『最近發生了很多事情喔。我回學校念書了啊。沒想到吧？我以前最怕念書了。除了佳佳，我又多了一個很好的朋友，全靠他鼓勵我去讀書，還替我交學費，他的名字叫胡大仁。』

正在看書的奶奶停了一下，說：

『胡大人？』

珍美笑笑說：

『不是法官大人的「大人」，是大仁大義的「大仁」。』

說完，她指著奶奶手裡的《WAN WAN》，憧憬著說：

『你知道嗎？這本書很多人看的呀。以後我都會在這裡畫插圖，說不定我將來還會畫很多很多大頭珍珍呢。』

奶奶的目光突然從書裡抬起來，喃喃說：

『大仁？大義？』

珍美好笑地說：

『不是大仁大義，是大頭珍珍。』

7

燈漸漸暗下來了，山上的空纜車陸陸續續盪回去車站，公園的大門關上。大仁卸下了小丑的衣服，拖著疲乏的身軀下班。

『今天多險啊。』他心裡想。

那個小丑鼻子不知怎地從他的背包裡掉出來，給珍美撿到了。幸好他臨危不亂，把鼻子藏起，變給她一個小彈球。

他的口袋裡本來就有這些小道具，扮成小丑時總會派得上用場。

當珍美看到那個小彈球的時候，臉上卻露出了謎樣的神情。大仁不知道她是不相信沒有小丑鼻子這回事，還是心裡想著其他事情。

他也未免有點作賊心虛，珍美才不會由一個小丑鼻子聯想到些什麼。

珍美這人不是笨，而是傻憨憨的。要是人生是一杯咖啡，有些人那一杯是特濃咖啡，有些人那一杯是苦澀的黑咖啡，有些人那一杯是帶醉的威士忌咖啡，珍美那一杯卻肯定是甜得不得了的牛奶咖啡，也許還浮著一球香草冰淇淋。

所以，她才會一次又一次跳到他身上去，忘了他是個男人。

今天，她突然像樹熊一樣摟著他，在他身上每一吋神經裡攀爬。他不知所措的僵著雙手，屏住了呼吸，由得她柔軟如絲的長髮拂到他溫熱的臉上。

這種感覺曾經多麼熟悉，歷久而彌新。

於是他知道，他要再一次無聲地往後退。

然而，到了隔天，珍美卻打到他的手機，問他說：

『你到底什麼時候有空嘛？我們不是說好了要去慶功的嗎？我請客很難得的啊。你放心好了，不是用你的錢，我遲些會有稿費的嘛。』

他只好打哈哈地說：

『你以為我會放過你嗎？我實在忙。』

『學校很忙嗎？』珍美問。

他只好胡亂編一堆理由，把大雄、叮噹和技安三個說成是問題兒童，他要花很多時間輔導他們。他其實不算說謊，大雄、叮噹和技安也真的是問題兒童，只是，他們三個的問題沒他說的那麼嚴重。

他對這三個孩子也著實感到內疚。因為忙著做兼職，他忽略了他們。有一天，卻突然發現他們好像已經長大了很多。

有一回，送技安回家的路上，技安竟然問他：

『喂老師，你是在哪裡減肥的？我也想減肥。』

大仁吃力地踩著單車爬上斜路說：

『你早該減肥，可我沒減肥。』

『但你瘦了。你是不是為情消瘦？』

他警告他說：

『你這麼八卦，信不信我打──電話跟你媽媽說？』

技安吐吐舌頭，不知死活的繼續說：

『你女朋友正不正？蠢不蠢？』

『什麼正不正，蠢不蠢？』

技安神氣地說：

『我哥說找女朋友一定要找又正又蠢的。』

大仁怔了怔，回頭笑著問他：

『為什麼？』

技安現出一副老成的模樣，回答說：

『那就可以吃她軟飯！』

大仁這下笑不出來了。他真的要多點關心技安，免得他長大之後成了軟飯王。他胖成這個樣子，將來要吃的軟飯還會少嗎？

可是珍美不蠢，她也許知道他在躲避她。她是個全憑感覺生活的人，她難道會感覺不出來嗎？幸好，自從大頭珍珍在《WAN WAN》首度亮相之後，她的工作就像雪片般飛來，許多雜誌和報紙也找她畫插畫。大仁替她決定哪些工作該接，哪些不值得接。她如今都忙著畫畫，也許就沒時間去想他到底有沒有躲避她。

8

珍美現在才知道什麼叫忙。她以前總是覺得時間多得用不完。她不是跟佳佳去唱歌和逛街，便是成天癱在家裡那張沙發上看電視，常常把時間睡掉。如今她卻覺得時間彷彿永遠不夠用。

她接下了許多畫插畫的工作，有雜誌和報紙，還有幾本童書。這些都是大仁替她挑選過的，是他認為曝光率最高和對她的前途最有幫助的。

珍美倒是想多接一些工作，她希望能賺多點錢，減輕大仁的負擔。可惜，插畫師的收入不高，她白天又要上學，無法再多畫一些。不管如何，《WAN WAN》的威力比她和大仁估計的都要厲害，她好像是第一個還沒從設計學院畢業就當上業餘插畫師的人。

每天放學後，她回到家裡做完功課，便開始畫畫，常常畫到夜深。有時候，她沒有靈感，想不到畫什麼，便會搖一通電話給大仁。

大仁會隔著電話跟她一起天馬行空，胡思亂想，教她從生活中找靈感，鼓勵她多看外國的繪本。他讀過很多童話故事和外國小說，都是珍美沒讀過的。她也不明白，十歲以前的事為什麼她好像全都不記得，因此，人人都聽過的童話她好像是頭一回聽到，夜深人靜，這些童話由大仁娓娓道來，卻給了她許多想像的空間。只有相信童話的人，才會把童話說得那麼引人入勝。

她常常笑著跟大仁說：

『你是我的靈感男神呢。』

他卻抗議說：

『什麼靈感男神？我是性感男神才真。』

要是沒有了大仁，珍美真的不知道該怎麼辦。

雖然現在大家都忙，見面的次數也少了，但是，只要聽到大仁的聲音，珍美就覺得很親切。她常常想念他。

『就像想念一個朋友那樣想念他。』她跟自己說。

這天晚上，珍美盤著一條腿坐在書桌前面，前額的頭髮隨便用一支髮夾夾住，正在趕一本童書的畫稿趕得頭昏腦脹。佳佳回來的時候，她甚至不知道。

直到她聽到一陣陣斷斷續續的啜泣聲，她站起來走出睡房，看到佳佳的包包丟在沙發上，一隻高跟鞋丟在大門後面。她循著哭聲走到浴室，看到佳佳腳上只穿一隻鞋，坐在馬桶蓋上，哭得眼耳鼻嘴全都扭在一塊。

珍美嚇了一跳，蹲在馬桶旁邊問她：

『是不是那個混蛋麥基又欺負你？』

佳佳嗚咽著說：

『我說我想搬過去跟他住，他……他竟然說……說他是浪子，有女人在身邊他睡不著。』

珍美吃了一驚：

『你不想跟我住麼？』

佳佳淚眼汪汪的看了她一眼，說：

『你都不理我了。以前我們常常一起逛街的啊，現在我下班了你卻要工作，我回家你都不知道。而且，你早晚也會丟下我，自己搬出去的呀。』

珍美怔了怔：

『你瘋了嗎？我為什麼會搬走？』

佳佳邊拿廁紙擦眼淚邊說：

『你現在是插畫師啊，你將來會變得很出名的呀，我不過在減肥院打工。』

珍美氣惱地說：

『你以為我是什麼人？我什麼都可以忘記，就是不忘本！我有飯吃，你就有飯吃！我有地方住，你就有地方住！我有錢花，你就有錢花！』

佳佳笑了：

『真的？』

珍美勸她說：

『你別再把青春花在麥基身上了，他沒那麼好。』

佳佳吸著鼻子說：

『誰叫他是我的初戀情人？』

珍美沒好氣的說：

『可並不是每個女人都嫁給她的初戀情人的呀。』

佳佳嘆了一口氣說：

『但我就是離不開他。』

珍美教訓她說：

『所以他才吃定你啊。』

佳佳瞥了她一眼，說：

『你別光說我，你自己呢？我至少見過麥基身上每一吋，你呢？對你最好的是個Gay的。至於那個林清揚，要了你的電話號碼，可一直沒打來，你也不敢打過去找人。』

珍美想張嘴說些什麼，卻又打住了。佳佳說得對，她連林清揚的一根腳毛都沒見過，也不知道他口裡有沒有壞牙。

那天，他也許只是出於客氣的說改天再找她，並不是認真的，是她自己天真罷了。

『借過一點，』她從地上站起來坐到馬桶蓋上，用屁股把佳佳擠開一點，喃喃說：

『你幹嘛提醒我？我本來都忘記了這件事啊。』

珍美沒想到事情會這麼巧，前一天佳佳和她才提起過林清揚，隔天晚上，她竟然就接到林清揚的電話。

他打來的時候，已經差不多是夜晚十二點鐘，珍美坐在書桌前面，盤起一條腿，正在拚命趕《WAN WAN》的插圖。

她一聽就認出他的聲音了。林清揚溫柔而磁性的聲音在電話那一頭說：

『可以出來陪我聊聊天嗎？你住哪裡？我現在過來接你。』

珍美緊張得拚命咬手指，險些兒連自己住在哪裡都忘記了。

十分鐘之後，她人已經走到樓下，鑽上林清揚那輛桔子色的跑車。她一上車，林清揚不出聲，使勁踩下油門，車子往前衝，一路上在黑夜裡高速飛馳，珍美嚇得一手抓住旁邊的扶手，一手抓住座椅的邊邊。車子音響放的全是他寫的歌，他沿途一句話也沒說。珍美不知道怎麼辦，偷偷瞄了他幾回，發覺他臉上的神情有點憂鬱。她一向不習慣跟人一起不說話，可是，看到他那模樣，她卻不敢說話，只是靜靜的坐著。

車子終於又駛回來她住的公寓外面停下。林清揚臉朝她轉過來，終於開口說：

『我有沒有悶著你了？』

珍美使勁搖著頭說：

『呃……沒有啊。』

林清揚雙手放在方向盤上，嘆了一口氣說：

『今天晚上在錄音室錄歌時很不順，所以想出來吹吹風，謝謝你陪我。』

珍美羞怯地說：

『呃……沒關係。』

林清揚又說：

『你不會介意吧？在我的車上，我只播我寫的歌。』

珍美連忙說：

『我喜歡聽啊。』

林清揚微微一笑說：

『我前天在雜誌上看到你的插畫，原來你是插畫師來的？』

珍美帶點自豪地點了點頭，興奮地問他：

『呃……你有看過？』

林清揚深情的眼睛定定地望住她，說：

『謝謝你，我現在覺得好多了，可以再進去錄音室。改天見。』

『呃……改天見。』

珍美打開車門走下來，站在車子的邊邊跟林清揚道了再見。車子絕塵而去，她兩個膝蓋仍然因為剛剛的那趟飛車旅程而微微發著抖。她從沒想過跟他的第一次約會會是這樣的，而不是像一般人那樣吃飯喝茶或是看電影。

她心裡笑著想：

『太浪漫了！』

這晚的約會過了很久之後，林清揚才又再找她，也是在夜晚。這一回，珍美學乖了，她穿了一身『飛車裝』，黑色高領長袖貼身衫和黑色吊腳褲，頭髮紮成一條馬尾，拎著一個黑色包包。

可是，林清揚並沒有邀請她上車。

她蹦蹦跳跳的走到樓下時，看到他下了車，身上穿一襲時髦的深藍色西裝，沒結領帶，白色襯衫上的兩顆鈕釦鬆開了，雙手交臂，背靠車門上。那模樣帥呆了。

林清揚看到她時，投給她柔情萬縷的一瞥，微笑說：

『突然想起你，想看看你過得好不好。』

珍美一聽，只覺得有點呼吸不過來，不知道說些什麼才好。

然後，林清揚站直身子，回到車上。

他留下這句話就走了。

等到那輛桔子色的跑車消失在黑夜裡，珍美才回過神來，站在街上，甜絲絲地想：

『這麼晚了，他就是專程過來跟我說一句話麼？』

10

大仁只是專程跑來替別人說一句話，從沒想過，就一句話，竟把夜晚變得那麼糟糕。

十點半鐘的時候，他接到派對服務公司負責人的電話，問他要不要接一個臨時的工作，替一位激怒了女友的客人送一束花去說聲道歉。這位客人願意多付一倍錢。

『接！當然接！』大仁說。

他擱下電話，匆匆從家裡趕回去公司換衣服，扮成一隻加菲貓的模樣，拿了玫瑰花，一看地址，才知道那人的女友竟然跟珍美住在同一幢公寓裡。

現在已經不可能找另一位同事頂替了。大仁看看鏡子，他身上穿的是加菲貓的衣服，後面還拖著一條長尾巴，待會再戴上頭套，真是連他娘都認不出他，誰又會認出他來？

於是，他踏著大步出發，一點都不擔心。要是遇到珍美，說不定還可以戲弄她呢。

他拿著一大束玫瑰花搖搖擺擺的抵達公寓，上了樓，來到一扇黃色門前面，捋捋臉上的貓鬚，然後用貓爪使勁地按一下門鈴。

過了一會兒，一個身穿大波點粉紅色睡衣，趿著一雙粉紅色毛拖鞋，戴著粉紅色頭箍的年輕女子來開門。

大仁一見到她，就說：

『米妮小姐嗎？米奇先生想跟你說對不起，他說他很愛你！』

大仁說完，遞上那束玫瑰花。

那個驚訝的年輕女子接過大仁手上的花，看了他一眼，幽幽地說：

『你等一下！』

大仁點點頭，一手撐在門框上，一手扠腰，交叉雙腳站著，學加菲貓那樣擺出一副慵懶的姿勢。

女子回來時，手裡捧著一盆冷水，二話不說就潑到大仁頭上，惱火地罵：

『你告訴他！我永遠不會原諒他！』

接著，那扇門砰的一聲在大仁鼻子前面關上。

大仁滿以為替別人做了一樁好事，沒想過會遇到一個瘋婆子。這種女人還有人愛，而且捨得花多一倍錢請他來道歉，才真的是情為何物。

他邊走下樓梯邊用手擦掉頭上的水，心裡大嘆倒楣。突然之間，他看到珍美哼著歌，穿著一身黑色衣服，束起頭髮，活像女黑俠似的從家裡走出來。大仁連忙往回跑，躲在樓梯的轉角偷看，只看到珍美蹦蹦跳跳的走下樓梯，好像很高興的樣子。

這麼晚了，她要去哪裡？

『戲弄一下她也好！』他心裡愉快地想。

於是，他悄悄跟著珍美下樓梯，可他那身衣服累贅，被水濕了又更重了一些，等他終於跟到樓下，卻看到那輛醜得不行的桔子色跑車停在外面。

珍美要見的原來是那個人。

大仁慌忙躲到樓梯底下，想看看他們做什麼。

那個林清揚好像說了些什麼，然後就走了。大仁豎起耳朵也聽不見，但珍美看來卻一副神魂顛倒的模樣。那個人是在追求她嗎？

珍美為什麼從沒跟他提起過呢？然而，大仁轉念一想，她為什麼要告訴他呢？他自己整天都說忙，珍美想說也沒機會說啊。

那輛車子開走了，大仁想轉身閃人的時候，尾巴卻突然從後面被人扯住。

『呃？加菲貓！』

他認得那個聲音，沒辦法了，只好慢吞吞的轉過身去。珍美就站在他面前，好奇的黑眼睛打量他，手上還抓住他的尾巴。

大仁慢條斯理的把那條尾巴從她手上拿回來，然後豎起兩隻大手掌，扭了幾下屁股，那滑稽的模樣逗得珍美咯咯大笑。

趁著她笑的時候，他掉過頭去，扭著大屁股，蹣跚地從她身邊走開。

『再見啦！加菲貓！』

珍美快樂的聲音在他身後說。

大仁沒回頭，抬起一隻大手朝她揮了揮。

直到他走了很長很長的一段路，拐過幽暗的街角，他才脫下那個濕淋淋的頭套拎在手上，心裡鬱卒地想，他扮成這個貓樣，珍美剛剛絕不可能認得他吧？只有他，隔著頭套上的孔眼看到了她。他們的相遇彷彿都在重演這一幕，他一直在等待，而她卻永遠都不可能認得他。

chapter 6

大人不像珍美，說忘就忘。
愛也不是一個玻璃瓶，
可以隨便找一個塞子，說封就封。
她打來的電話，他一定接，
因為他想念她的聲音。
她什麼時候需要他，他也會義不容辭，
因為他的愛是不需要任何回報的。
他多麼想對珍美說：
『只有離你遠一點，我才可以繼續瀟灑。』

『我都不認得你了！你今天好漂亮！』大仁對她說。

珍美羞怯地笑了。

就在今天，她身上穿著一襲自己設計的象牙白色曳地的婚紗，一把烏溜溜的黑髮垂肩，披著長而飄逸的面紗，頭上戴著一頂亮晶晶的冠冕，看上去就像一位高貴的公主。她戴著白色手套的一隻手幸福地穿過大仁的臂彎。他挽著她，踏在教堂的紅地毯上。紅地毯的兩旁坐滿了他們的朋友。這座圓頂教堂挑高的天花板上飾著吹號角的天使，聖壇前面擺滿了白色的玫瑰花，陽光穿過牆上的彩繪玻璃漫淹進來。

她要嫁給他了。

她想都沒想過跟他會有這一天。那年聖誕，他們相遇，原來，他也就是她今生最美麗的際遇。

他們終於在無數祝福的目光下走到紅地毯的那一端，然後，大仁把她交給早已經在這兒等著的她的新郎。她隔著象牙白色面紗望著林清揚，他今天穿著一身黑色的禮服，這會兒正含笑看著她。

〈在下一刻愛上我可以嗎？〉的音樂在教堂裡迴盪著。

幾隻小麻雀追逐著歌聲翩翩飛了進來，在教堂的圓頂上徘徊。

珍美抬起頭，手指比在兩片厚嘴唇上，要小麻雀乖乖安靜下來。

這時，神父問新郎：

『林清揚，你願意娶胡珍美小姐為妻嗎？』

林清揚回答說：

『我願意。』

『胡珍美小姐，你願意嫁林清揚先生為妻嗎？』神父問她。

『我……』珍美正要回答，她身後突然響起一個聲音說：

『慢著！』

她驚訝地回過頭去，看到本來坐在第一排的大仁站了起來看著她。

她不解地望著他。

大仁走上去，用手替她撥好肩膀上的長髮，說：

『你頭髮亂了。』

她眼睛微笑著衝他說：

『謝謝你。』

他接著又湊到她身邊說：

『《WAN WAN》的畫稿明天還是照樣要交啊。』

她隔著面紗嘶嘶嘴：

『行了！人家今天要結婚喔。』

大仁只好往後退。

神父再一次問她：

『胡珍美小姐，你願意嗎？』

『我……』珍美正想回答時，踢到了一條毛毯。她緩緩睜開眼睛，看到睡房的天花板，才知道是做夢。

這個夢也未免太短了些啊。

她在床上坐直身子，發現窗外的天色暗了，原來她睡了一個長長的午覺。

她做這個夢也真傻。林清揚自從那個夜晚專程開車來跟她說想看看她過得好不好之後，已經很久沒找她了。

『藝術家就是這樣的啊。』她心裡想。

珍美也沒時間想太多就是了。這段日子以來，她都忙著畫插圖，《WAN WAN》要做一個聖誕特輯，主編想她畫幾張跟聖誕有關的插圖，她還沒開始畫，而且連一點頭緒都沒有。

沒想到時間過得那麼快，還有一個月就是聖誕了。珍美走下床，坐到書桌前面，盤起一條腿，打開電腦。

『你睡醒了囉？』佳佳從廚房裡探頭出來說。

珍美想起她上床睡覺時佳佳已經在廚房裡開始忙碌。

『你弄好了沒有？』珍美雙手支著頭，望著電腦螢幕，問她說。

佳佳從廚房裡喊出來：

『快了！你打算怎樣跟他說？』

『什麼？電腦當機了？』大仁握著手機說。

今天是星期天，他剛剛上門教完柔道。這一刻，他人在巴士站，正趕著去山頂一個小孩子的生日會上扮小丑。

『呃……不知道為什麼，剛剛還好端端的。我明天要交功課，全都在電腦裡，你快點過來幫我看看吧！』珍美在電話那一頭焦急地說。

大仁叮囑她：

『你別亂動，我晚一點過來好嗎？』

『你什麼時候過來？』

大仁看看手錶，說：

『約莫兩個鐘頭，你等我！』

『呃……要這麼久嗎？好吧，我等你。你一定要來啊！』

『總之你等我，什麼都別動！』

大仁伸長脖子心焦地看著車來的方向，終於等到一輛巴士駛來，他匆匆鑽上車，找個位子坐了下來。

自從上一次在公寓外面見過珍美之後，他一直都沒見過她。那個晚上，他不過是加菲貓，她也以為他是。

第二天，她打電話來跟他說：

『哈哈，你不會相信的！我昨天在樓下見到一個扮成加菲貓樣的人，好可愛，看不出是男還是女，不知道是不是在附近參加化妝舞會。』

珍美並沒有跟他提起林清揚，大仁也不確定自己想不想聽。聽了他也許會心酸。不過，只要珍美快樂就好了，他酸一點有什麼關係？

他往後退，只是想假裝瀟灑，或許也想遺忘。可他不像珍美，說忘就忘。愛也不是一個玻璃瓶，可以隨便找一個塞子，說封就封。

她打來的電話，他一定接，因為他想念她的聲音。她什麼時候需要他，他也會義不容辭，因為他的愛是不需要任何回報的。

有一次，珍美在電話裡問他：

『為什麼最近總是我打電話給你，你都不打電話給我？』

他多麼想說：

『只有離你遠一點，我才可以繼續瀟灑。』

當然，他並沒有這樣說，而是說：

『嘿嘿……一向都是女孩子主動找我的。』

她在電話那一頭笑了起來，說：

『她們不知道你是Gay麼？』

他這才想起他應該是Gay。

於是，他說：

『呃……所以我很少打電話給女孩子的。』

無數寂寞的長夜，他多麼想念她的聲音，多麼想給自己找個藉口去見她，忘記會不會心酸這回事。

待會他便要去見她了。他突然有點高興她的電腦今天晚上當機了。

兩個鐘頭之後，他匆匆卸去臉上的小丑妝，從派對上走出來，把假髮和小丑服全都塞到背包裡，趕去珍美的公寓。

他跑上樓梯，到了她家門口，按一下門鈴。門一開，他怔了一下，怎麼會有兩個小丑在屋裡啊？

『你來了囉？』

『你終於來了囉？』

珍美和佳佳一人一句的衝他說。

他望著她們兩個，兩個人都戴著七彩鬈毛又大又蓬鬆的小丑假髮，珍美鼻尖上夾著一個紅鼻子，佳佳把眼肚塗白了。

『快過來！』珍美一手把他拉進屋裡去。

大仁看到小小的餐桌上擺滿了食物和幾瓶開了的酒，昏暗的客廳周圍點燃著七彩的小蠟燭。珍美捧著一個插著煙花蠟燭的黑森林蛋糕，同佳佳一起對他唱生日歌。煙花蠟燭發出嗶剝嗶剝的響聲。大仁驚訝地問珍美：

『今天是我生日麼？』

珍美瞧了瞧他。『唔……看樣子好像不是今天，但你總會生日的啊！』

大仁聽得一頭霧水。

『我們好想開生日會，珍美的生日還沒到，我的生日已經過了，所以，只剩下你囉！』佳佳傻傻的說，她看上去好像已經醉了。

珍美推了推佳佳的頭說：

『她等你已經等到忍不住先喝了幾杯，你別聽她！你從來沒說什麼時候生日啊，所以我預先跟你慶祝。快吹蠟燭嘛！』

大仁又好笑又無奈，深呼吸一口氣，認真地把蠟燭吹熄。

珍美把他拉到餐桌那邊說：

『快來吃點東西吧！這些菜是佳佳和我兩個做的。』

大仁看向珍美的睡房，問她說：

『你電腦不是當機嗎？』

珍美說：

『騙你的！你成天都說忙，不是這樣怎麼把你騙來？』

『你臉上的是什麼？』珍美突然問。

大仁心裡禁不住一陣內疚。

『呃？』他怔了怔。

珍美伸手揩了揩他的額角，手指頭沾到了白色的油彩。她給他看看，問他說：

『這是什麼？好像是化妝品呢。』

他一看就知道糟糕了，一定是他卸妝時太匆忙沒有抹乾淨。幸好他看到佳佳的白色眼肚，靈機一觸說：

『呃……也許是剛剛從佳佳臉上揩到的。』

他說著連忙用衣袖擦掉額角上的油彩。

夜深了，佳佳把自己灌醉之後就溜上床睡覺，她的假髮不知什麼時候戴到大仁頭上去。客廳裡亮著幾朵燭光，照亮了大仁和珍美緊挨著彼此坐著的那張紅沙發。他們兩個人都把腿擱到前面的方形茶几上，各自吃著一排Kit Kat巧克力。

珍美問大仁：

『你到底是什麼時候生日的？』

『算了吧，說了你也會忘記。』

大仁回答：

『那你到時候提早一天告訴我好了。呃……你也喜歡吃這個巧克力嗎？』

『唔……』

『不知道為什麼，我就喜歡吃它，別的都沒那麼喜歡。』

『我知道。』

『呃？你知道？』

『因為好吃啊。』大仁幽幽地說。

『唔……呃……你有什麼家人？從來沒聽你提起過呢。』

大仁挪了挪頭上的假髮說：

『一個爸爸，跑了，一個媽媽，改嫁了，一個弟弟，很痴心，跟著西班牙女友跑到撒哈拉沙漠去了。』

珍美笑笑說：

『你跟我很像啊。我一個爸爸，好像跑了，一個媽媽，應該是改嫁了，一個奶奶，肯定是痴呆了，不過，她幾個月前清醒過一次。呃……你記不記得你小時候的事？』

『都記得。』

珍美撥了撥遮著眼睛的一綹假髮，羨慕地說：

『我好像都不記得了。等我老了，可能也會像我奶奶那樣，老人痴呆，家族遺傳啊。到時候，你有時間記得來老人院看我喔。』

『好的。』

『要是我不認得你呢？』她戴著小丑假髮的頭突然依偎到他的肩膀上。

他心裡翻騰著，深情地說：

『我認得你不就夠了嗎？』

『那倒是。』

她又問他：

『《WAN WAN》的聖誕特輯，我還沒靈感啊，畫什麼好呢？你替我想想……』

他想了一會，笑笑說：

『我不是跟你講過安徒生的《賣火柴的女孩》嗎？』

『對啊。』

『小女孩凍死之前在牆上劃了最後三根火柴。劃第一根火柴時，她看到一隻很好吃的滴著肥油的烤鵝。劃第三根火柴，她看到了生前最疼她的老奶奶和一顆墜落的星星。那麼，劃第二根火柴她看到了什麼？』

珍美揉著一雙困倦的眼睛想了好一會，終於棄權了。

『我忘了啊，你再說一遍。』

『你再想想啊，你總要記得一些事情，不要老是忘記。』他意味深長地說。

『好吧，我再想想喔。』

兩個人都沒有再說話。他一直等著，卻等不到一個聲音。他轉臉去看她時，發現她已經睡著了。

珍美坐在設計學院外面寬闊的台階上，兩手支著頭，一直等著。

大仁為什麼還沒來？

她在電話裡告訴他學校要見家長時，他簡直不相信。

『呃？你這麼大個人還要見家長？』他在電話那一頭說。

她怯怯地說：

『我今天在學校裡跟同學打架。』

『你又用高跟鞋砸人？』

『我很久沒穿高跟鞋了……我……我用平底鞋。』

他嘆了口氣，問：『你砸了誰？』

『不就是鋼牙莎莎囉。』

『你跟她不是好朋友嗎？』

『說來話長，你來了再說吧。我姓胡，你也姓胡，待會你就說你是我哥哥，說爸爸媽媽都死了，我們兩個自小相依為命，說不定會有一點同情分。』

星星都出了來，珍美從台階上站起來，焦急的磨蹭著腳，又坐下去。大仁到底什麼時候才來啊？那天，她為他慶祝生日……不……那天不是他生日，是她把他騙到家裡來，想見見他。她很久沒見他了，就像想念一個朋友那樣想念著他，她說不清那是習慣還是期待。看到他來，看到他看見她和佳佳扮成小丑樣時那個驚愕的神情，她到現在還記得。

原來，不見面的日子，大仁從來沒有離她遠了。她以為她想念林清揚，可是，當她依偎著大仁的時候，她突然覺得自己想念的好像是他，那份熟悉的感覺難以言喻。他就像她喜歡吃的那種巧克力，喜歡是不需要任何的理由的。

可惜，她太累了，等她醒過來的時候，大仁已經走了。她發現自己睡在沙發上，身上蓋著一條毛毯，本來戴在頭上的小丑假髮和鼻尖上的紅鼻子放到一邊。

她彷彿記得是在他的肩膀上睡著的。他最後跟她說：

『你總要試著記得一些事情，不要老是忘記。』

這句話，她就像記得他肩膀的餘溫那樣，記得很牢。

這時她抬起頭，剛好看到一個人影由遠而近，朝她跑來。她連忙從台階上拔起身等著。

大仁終於來了。她就知道他會來。

當他跑到她面前，她看到他頭髮亂了，身上的襯衫從褲頭裡走了出來，外套也歪了，他那副急匆匆趕來的樣子，不禁讓她滿懷內疚。

她又一次把他騙來了。

大仁喘著大氣，叮囑她：

『你系主任在哪裡？待會你站在一邊什麼也別說，等我來說。走吧！』

她站著沒動，瞄了瞄他，慚愧地笑笑，說：

『我這麼大個人了，怎麼還會要見家長？只有你才相信！』

大仁怔了怔：

『那你為什麼叫我來？』

她亮出藏在身後的一個信封，在大仁面前晃了晃，說：

『是要給你看這個啊！你記得我參加那個日本插畫師新秀大賽嗎？今天剛剛收到通知，我得了第二名！』

『真的？』大仁連忙拆開信封，就著台階上的路燈看信。

『這麼久了，我還以為輸了呢。』她在他身邊蹦蹦跳跳，很神氣地說。

大仁從那封信上抬起臉來，興奮地說：

『我就知道你行！』

珍美瞧了他一眼，說：

『我騙你來，你不生氣嗎？』

大仁不認輸，挑了挑兩道眉毛說：

『我？我哪有這麼笨！我一向聰明啊我！我只不過以為又有生日蛋糕吃！所以來看看。』

珍美噗哧一聲笑了，突然摟抱住大仁說：

『我太高興了啊我！我從沒考過第二名啊。』

『我從來沒懷疑過你的天分。』大仁摟著她。

珍美臉抵住大仁的胸膛說：

『全靠你挑了那張「大頭珍珍漫遊娃娃屋」。』

大仁微笑說：

『我一向有眼光，那張你畫得最好。』

珍美兩條手臂摟住大仁溫暖的背脊，噘噘嘴：

『其他就不好嗎？』

大仁摟住貼在他胸膛上的珍美說：

『都畫得好。』

珍美靠在大仁舒服的胸懷裡喃喃說：

『去慶功囉？』

大仁輕聲說：

『唔……去慶功吧！』

珍美仰起臉看大仁時，發現大仁也在看她。她感覺到他急促的呼吸聲，彷彿也聽到自己的心跳加速。突然之間，大仁溫熱的吻落到她兩片嘴唇上，珍美驚得往後退了一步，從大仁懷中脫出來，看到他一張臉發紅，尷尬地僵在那兒。

兩個人都沒說話。長長的沉默之後，珍美顫著聲音，開口說：

『我……我要回去上課了！』

說完，她頭也不回的奔上台階去。

珍美躲在樓上黝暗的課室的窗邊，課室裡空空的，學校早已經下課，她根本不用上課。她往下看，看到大仁孤零零的身影在昏黃的路燈下漸漸走遠了，終於沒入暗夜之中。

珍美摸著自己兩片滾燙的嘴唇，她剛剛好像也回吻了大仁。

她覺得心裡好亂，為什麼會變成這樣？她和他不是都已經有了喜歡的男人嗎？

『我那天只是把你當成一個男人來吻！不……不行……這種話殺了我也說不出口。』大仁懊惱地想。

那天他到底做了什麼啊？珍美又不是第一次這樣摟著他，以前每一次，他都能夠好好控制著自己，可是，唯有這一次，他一時情不自禁吻了她，結果竟把她嚇跑了。

過了那麼多天，珍美沒找他，他也總是拖延著不敢找她。愈是拖延，他也就愈是鼓不起勇氣去找她。他該跟她道歉說不小心吻了她嗎？可他哪裡是不小心？

也許他可以打電話給她，譬如跟她說他剛剛想過的那種話，可那種話根本不是人說的。他從來就沒把珍美當成男人。他這麼說的話，他真的不是個男人。

他可不可以打電話過去給她，當作什麼事也沒發生？然而，已經發生的事，可以當作沒發生嗎？這一次，珍美是不會忘記的。

大仁突然明白，回不去了。

『聖誕老人！我想要禮物！』一個圓臉的小女孩拉了拉他鬆垮垮的褲子說。

大仁回過神來，慈祥地笑笑，從肩上的大布袋裡掏出一件禮物送給她。

小女孩拿著禮物快樂地走開了。

二〇〇二年平安夜的這一天，派對服務公司派他來到山頂一戶人家，扮成聖誕老人，在熱鬧的派對上給大家一點歡樂。

但這個聖誕老人心裡卻笑不出來。

派對結束之後，大仁換回衣服，離開了背後那幢大屋，一個人落寞地走下寂靜的山路。突然之間，思念像河水決堤一樣。

他是男人，該他打過去才是。

他在冷風呼嘯的路邊停住了腳步，掏出手機，滿懷希望的按下珍美的電話號碼。

電話接通的一刻，大仁驟然聽到〈在下一刻愛上我可以嗎？〉的音樂鈴聲在那一頭響起。他怎麼會忘記了？珍美好喜歡這首歌……

他突然明白她喜歡的是另一個人。沒等珍美接電話，他悄悄掛斷了，由得決堤的思念把他原本想說的那句話淹沒了。

他想跟她說一聲：『聖誕快樂！』

『喂！聖誕老人在那邊！』佳佳拉了拉她的手臂說。

珍美連忙往下看，果然看到聖誕老人胖胖的背影。她連忙走下電扶梯。

平安夜的這天，她和佳佳兩個人在銅鑼灣逛街，商店都大減價，佳佳買了許多東西，她什麼也沒買，然後拉著佳佳來到時代廣場。

剛到時代廣場時，她在大堂沒看見聖誕老人，她心裡想，也許時候還早吧，聖誕老人還沒出來。也許是她們來晚了，聖誕老人已經下班了。又或者兩樣都錯，今年這裡沒有聖誕老人，就好像今年這裡再沒有舉辦歌唱比賽一樣。

她從電扶梯走下來，跑向那個被幾個小孩子圍攏著的聖誕老人，滿懷希望地站在他背後。等他轉過身來的時候，她卻失望了。

她曾經以為所有聖誕老人都差不多，可這一個，她一看就知道不是大仁。大仁的模樣比這一個可愛多了，眼睛比這一個亮多了。大仁身上的衣服乾乾淨淨的，她眼前這個聖誕老人卻有點髒。

她只是來碰碰運氣，說不定大仁今年會回來這兒，扮成聖誕老人。不過，她根本沒有什麼把握。

大仁沒來，她也不知道他今天晚上會在哪裡。

珍美想過假裝忘記了這件事，就像以前一樣，打電話跟大仁聊天，提都不提。她記性一向不好，忘記又有什麼出奇？然而，明明記得的事，裝著忘記反倒不容易。她就是不會說謊。

珍美也想過不如若無其事地打過去，在電話裡跟他說：

『我是把你當成一個女人來吻！』

但這種話她說不出口。她怎會吻一個女人？

都是她不好，幹嘛男女不分的，一高興一感動就撲到他身上去啊？

可這也不能怪她，她以前撲上去都沒事，摸他肚子也沒事，把他當成樹幹用雙手和雙腳箝著他也沒事。

唯獨那天晚上，她摟著大仁的時候，突然捨不得放手。這種感覺以前從來沒有過，她以前總是懂得放手。

她為什麼不早點放手啊？早一點放手便不會有事。

她不知道怎麼辦。自從認識了大仁之後，當她不知道怎麼辦的時候，只要問他就好了。大仁會告訴她該怎麼辦。可是，這一次，她卻不能問他，只能夠自己想想怎麼辦。

『走吧！我想去買胸罩。』佳佳拎著大包小包，勾住她的手臂說。

她勾住佳佳的手臂，心不在焉地陪她到樓上的商店去。

等佳佳拿著胸罩去排隊付錢時，珍美從擠擁的商店走出來，靠在欄杆上，兩條手臂沒精打采地懸在欄杆外面，望著樓下大堂那個陌生的聖誕老人。

珍美有點想念她熟悉的那一個。

突然之間，珍美的手機鈴聲響起。她精神一振，會是大仁打來的嗎？她連忙轉過身來，伸手到包包裡找手機。結果，她手忙腳亂的找了好一會，沒等她找到，電話那一頭已經掛掉。

珍美很氣自己笨手笨腳的，幸好，當她終於摸到手機時，鈴聲又響起。

『不用聽了！是我找你！』佳佳從商店裡買完東西出來，手裡握著手機，一看到她就猛朝她揮手，要她別接。

『原來你在這裡。』佳佳掛斷手機說。

原來是佳佳。珍美看也沒看，又把手機丟回去包包裡。

有那麼一刻，珍美還希望會是大仁打來的。

6

到了一月初的一個夜晚，天氣突然轉冷。珍美在床底下找出厚棉被和冬天穿的厚毛衫時，才發現好些衣服她已經一兩年沒穿了。

這些舊衣服買的時候不便宜，去年她還捨不得扔掉，現在卻愈看愈不順眼。她以前多沒品味啊，不是金便是銀，難怪大仁取笑她，說她好像去參加奧林匹克運動會。

一想起大仁，珍美不免有些感傷。

兩個人到底還要互相躲避到什麼時候才可以像以前一樣耍嘴皮啊？

她咬咬牙，把不要的衣服一件一件翻出來丟到一邊去。這麼忙的時候，她才不會胡思亂想，才會暫時忘記大仁。

一轉眼，房間的地上全都散滿了舊衣服。在這屋子裡住了好幾年，她一直沒有好好收拾過。這會兒，她索性把衣櫃和每個抽屜都打開來，能丟的就丟。譬如說，她以前愛穿的那些高跟鞋，就一雙也都不留。

珍美終於把衣櫃清了，扠著腰喘口氣的時候，她無意中發現衣櫃頂擱著一個老舊的大皮箱。這個皮箱好像是奶奶住進老人院前留下來的，她都忘記了。

珍美搬來一把椅子站上去，把那個大皮箱挪到地上，那沉甸甸的箱子落地時揚起了一陣灰塵。珍美蹲坐到地上，掀開沒上鎖的箱子，看看裡面藏著些什麼。她不記得她有沒有看過裡面的東西。

皮箱裡放著奶奶的一些舊衣服和幾雙舊鞋子，就連已經沒有人用的籐織枕頭也有一個。她找到一些舊玩具，有洋娃娃和毛毛熊，這都是奶奶以前的玩具嗎？應該不是，說不定是她的。她想不起自己玩過這些玩具。

她翻著翻著，找到一本發黃的圖畫簿，封面上斑斑駁駁的沾了七彩的顏料，她好奇地打開來，一頁一頁的看下去，圖畫簿裡全是一幅幅很稚氣的圖畫。

『這一定是我畫的。』她心裡想。

珍美不記得她畫過這些圖畫。別人是在舊東西裡找到回憶，她看舊東西卻像頭一回看到似的。

『以一個小女孩來說，我畫得不錯嘛。』她喃喃說。

珍美翻到一半時，圖畫簿裡突然掉出來幾張照片。

她撿起來一張張的看。那些照片都有一點泛黃了。有她和奶奶一起拍的，有幾張是她跟一個男人和一個女人一起拍的，照片中的她，看來只有四五歲。那個男的，應該就是爸爸吧。他長得挺帥啊。女的是媽媽，她好漂亮。

然後，她發現其中一張是她跟一個小男孩站在噴水池旁邊拍的。那時候她看上去好像只有七八歲，男孩也跟她差不多，比她高出半個頭，兩個人很親暱地手牽著手，咧著嘴笑得很高興。

這小男孩怎麼這麼面熟啊？珍美覺得她好像在哪裡見過他。

他長得很像一個人。

珍美翻到照片後面看看。照片後面已經有點褪色的字體寫著這兩行字：

胡大仁和胡珍美，一九八四年攝於皇后像廣場。

珍美驚住了。怪不得她覺得這個小男孩很面熟，他長得像大仁啊。他就是大仁。他一點都沒變，尤其是笑起來有幾分詼諧的那個模樣。

他即使化成飛灰，她也認得他。

可珍美是幾年前才認識大仁的。

她不記得以前見過他。大仁也從來沒提起過。她記性不好，但大仁記性好得很。要是他們以前認識，他為什麼不說。

這明明是大仁，不會有另一個人剛好同名同姓，還長得一模一樣。

珍美怔怔地望著照片。大仁到底是誰？為什麼他小時候會跟她一起？她卻一點都不記得他。

為什麼他幾年前突然又出現在她生命裡？難道是別有內情的嗎？

珍美想起有一個人或許會知道。

7

寵物店旁邊的咖啡室裡，珍美跟那個清秀的長髮女子對坐著。

女子的肚子已經很大了，似乎隨時都要生孩子。她望著珍美，好一會兒都沒說話，然後終於說：『你長大很多了。』

珍美抿抿嘴唇說：

『你認得我？』

女子點點頭：

『你來店裡找我時，我就知道是你，你跟我就像一個模子倒出來似的。』

珍美望著眼前這個人。奶奶說，她媽媽生她的時候才只有十七歲。她的確長得像媽媽，她的媽媽也該四十出頭了吧，但媽媽看起來很年輕。

長髮女子有點尷尬的問珍美：『你怎麼知道我是你……』

『是奶奶告訴我的。我小時候，奶奶帶我來過幾次，說你是我……』珍美把『媽媽』兩個字吞了下去。『奶奶又要我別找你，她說，你也是有苦衷的。』

『奶奶她好嗎？』

『她住在老人院。』珍美回答。『她幾年前患了老人痴呆，以前的事都不記得了。』

『喔……』媽媽有點唏吁的應了一聲。『那你呢？』

珍美微笑說：『我在念設計。』

『那很好哦。』

珍美無言地望著媽媽。這幾年，她都只是在對街偷看她，從沒想過會跟她相認。坐在她面前的媽媽，既陌生也遙遠，珍美不懂形容這種感覺。奶奶告訴她，爸爸和媽媽在她五歲那年分開了，她是奶奶帶大的。奶奶要她別恨媽媽，說一個女人帶著一個孩子過生活不容易。

珍美沒恨媽媽。十歲以前的事，她根本不記得。不記得，也就無所謂怨恨。

『你可以幫我一個忙嗎？』珍美說著從包包裡掏出她和大仁的那張舊照片放在媽媽面前，指著照片裡的大仁說：

『你記不記得這個男孩子是誰？他也是姓胡的，名叫胡大仁。照片後面是這麼寫的。』珍美把照片翻到背後，又翻過來。『我為什麼會跟他一起？我記不起來了，我想，你也許會知道。』

媽媽望著那張照片，臉上突然露出痛苦的神情，顫著聲音說：

『他是……』

珍美坐在公寓外面的幾級台階上等著。她知道大仁住在這裡，但她以前從沒來過，也不記得他住哪一層樓。

天已經黑了，四周靜悄悄的。大仁什麼時候才回來啊？她本來可以打電話給他，但她有很多話想當面跟他說。

突然之間，珍美看到一個熟悉的身影有點疲乏的朝她這邊走來。她緩緩從台階上站起身。

大仁好像也看到她了。他加快了腳步，幾乎是奔跑來到她面前。

大仁既驚且喜的問：

『珍美，你為什麼會在這裡？』

珍美看著他好一會兒，抿抿嘴唇說：

『我知道你是誰了。』

大仁臉色一亮，似乎等著她說下去。

珍美黑溜溜的眼睛直直地望著大仁，突然抬起手『啪』的一聲給了他一記耳光，傷心地嘲他吼：

『你是我同父異母的哥哥！』

大仁當場愣住了。珍美使勁推開他，頭也不回的一直跑一直跑，直到她跑了很長很長的一段路，她終於忍不住嗚嗚地哭了。

今天在咖啡室裡，當媽媽看到那張照片時，臉上突然露出痛苦的神情說：

『他是……呃……穿羊水。』

珍美怔了怔？

『他是穿羊水？』

媽媽低下頭去望著自己的肚子，喘了口氣說：

『是我好像穿羊水。』

珍美聽得一頭霧水：

『什麼是穿羊水？』

媽媽一張臉抽搐著說：

『我要生孩子了！』

珍美嚇壞了：

『那怎麼辦？』

媽媽喘著氣說：

『你過去告訴我先生。』

珍美連忙站起身：

『我現在就去！』

『他不知道我以前的事……』媽媽懇求的目光望著珍美說。『你別告訴他……』

珍美點點頭：

『放心吧！我不會告訴他我是誰。』

珍美轉身想走時，突然又回過頭來，拿起桌子上的照片問媽媽：

『你還沒告訴我他是誰。』

媽媽雙手撐住面前的桌子，大口大口吸著氣說：

『他是姓胡的喔？你爸爸以前結過婚……這個好像是他跟前妻生的兒子……我只見過他幾次……這……這麼多年了……不知道會不會記錯……不行了……我真的要生孩子……你可不可以……』

珍美記不起她是怎麼失魂落魄的走出咖啡室，一路走到這裡，給了大仁一巴掌，然後孤零零地走在回去的路上。

人為什麼有那麼多不可告人的秘密。媽媽有，大仁有，以後連她也有了。她說不出這一刻思緒有多麼混亂，心裡的滋味又有多麼複雜。怪不得她跟大仁會一見如故，總覺得他就像她哥哥。所以大仁才會供她讀書，又對她那麼好。

奶奶以前說過，爸爸跟別人的老婆私奔去了馬達加斯加。大仁說有個遠房親戚留給他一筆遺產，難道就是他們的爸爸？

爸爸已經死了？

大仁為什麼不告訴她？他怎麼可以是Gay，而同時又愛上自己的妹妹？

珍美覺得頭好痛。這種倫常大悲劇為什麼會發生在她身上？差一點就鑄成了大錯。

她不能再見大仁了。

就像她曾經忘記許多事情一樣，要是可以，她要永遠把大仁忘記。她也只能夠這麼做了。

chapter 7

珍美想起她做過的那個歌星夢。

要不是大仁，她那個夢也許還會一直做下去，直到她虛度了許多悔恨的光陰。

是大仁把她那個夢換成眼前的真實，讓她找到自己。

一瞬間，她以為已經一點一滴戒掉了的思念和記憶，

原來並沒有流走，而是像浪花一樣狠 狠 的 撲 回 頭……

如今不管是沮喪或是有點無聊的日子，珍美再也不會到寵物店對街的拐角那裡去了。她要戒掉這個習慣，就像她要戒掉大仁一樣。

每一次，當她想起有生以來對她最好的一個男人不僅是Gay的，更是她同父異母的哥哥，而就在她跟自己親生媽媽相認的那天，媽媽卻又趕著要生下一個跟她同母異父的弟弟或妹妹，還有她那個跟別人老婆私奔到馬達加斯加的爸爸，原來已經死了，珍美都覺得這一切實在荒謬得無以復加。

想來想去，還是奶奶最幸福。奶奶清醒的時候不會記得自己已經痴呆，痴呆的時候也不會記得自己清醒過。

記性不好，也許是一份雖然有點粗糙卻還是很實用的禮物。

珍美也會一點一滴的戒掉對大仁的記憶。她一向善忘，這還不容易嗎？她發覺自己想起他的次數好像沒以前那麼多了。

直到二月中的一天，一張由她畫封套插圖的雜錦情歌唱片發行，珍美跟佳佳一起去銅鑼灣最大的唱片店巡一下。

珍美一走進唱片店，就看到那張唱片一排一排疊得高高的，放在最當眼的位置，背後那面牆上張貼著四張跟封套一樣的大頭珍珍巨型海報。

珍美想起她做過的那個歌星夢。要不是大仁，她那個夢也許還會一直做下去，直到她虛度了許多悔恨的光陰。是大仁把她那個夢換成眼前的真實，讓她找到自己。

一瞬間，她以為已經一點一滴戒掉了的思念和記憶，原來並沒有流走，而是像浪花一樣狠狠的撲回頭。

佳佳拉住她的衣袖，問她：

『你又想起他嗎？為什麼不去找他？』

珍美瞥了佳佳一眼，說：

『你瘋了嗎？他是我哥哥來的啊。』

『你肯定沒記錯？』

『這怎會記錯？我也希望是記錯了。』

『你為什麼不去問你奶奶？』

『我奶奶記得就不是痴呆，痴呆就不可能記得。』

『想起來你也長得有點像大仁。』

『我哪裡像他？』

『你們兩個都很詼諧。』

『我是可愛，他才是詼諧。』

『唔……你說得對。』

『我看我明天要開始寫日記，萬一將來像我奶奶一樣痴呆了，可以看回日記啊，那就不會忘記以前的事。』

『痴呆了還會認得字嗎？』

珍美苦澀地笑了笑：

『這我倒沒想過。那就不寫了，要忘記的，總有一天會忘記。』

珍美不知道哪一天才會忘記大仁。

不過，她一直沒忘記的那個人隔天晚上突然又出現了。

他總是在這樣的夜裡出現。十二點鐘的時候，珍美正在書桌前面趕稿，林清揚的電話打來，約她十分鐘之後在樓下見。

珍美歡天喜地的換上衣服，猜不到林清揚這一回是載著她飆車呢？還是站在車邊跟她說一句窩心的情話。

珍美來到樓下，看到林清揚那輛桔子色的跑車停在外面，他人坐在車裡。

珍美打開車門，優雅的上了車。

林清揚朝她笑了笑，說：

『很久沒見了。』

『是喔。』珍美咧嘴笑笑。

車裡的音響依舊放著他寫的歌，林清揚一直沒開車，也沒出聲，而是靠在椅背上合上眼睛。

珍美默默地等著林清揚說句話。他什麼也沒說。過了一會，她忍不住轉過頭去，看到他頭有點歪了，好像已經睡著了。

『林先生……』珍美小聲叫他。

林清揚睡得很酣，沒回答。

珍美只好呆坐在車子裡不敢吵醒他。她想起她還有很多畫稿要趕，卻不知道自己為什麼會在這裡。

珍美悄悄地偷看了林清揚幾回。

他開始發出微微的鼾聲。她無奈只好一直坐著。

差不多一個鐘頭之後，林清揚終於醒來了。

他朝珍美臉露一個迷人的微笑，說：

『我失眠了好多天，你在我身邊，我就能睡一會。』

珍美本來又冷又累，他這麼一說，她臉紅了。

『謝謝你。』他說。

『別客氣。』

『我現在可以回去工作了。』他說。

珍美禁不住又尷尬又失望，只好默默打開車門，跟林清揚說了一聲再見，然後走下車，站在車邊目送著他那輛跑車丟下她絕塵而去。

珍美心中突然冒出一個想法，這是她以前想都沒想過的。她曾經多麼期待見到林清揚，然而這一刻，她只希望下一次，當林清揚找她的時候，她能夠拒絕他。

珍美根本就沒機會像她希望的那樣能夠拒絕林清揚。那天晚上，他找她睡覺……不……不是，是找她出去，卻自己在車上睡覺之後，他又失蹤了一段日子。

他們再見面的時候，不是在車上，而是在他那輛桔子色的跑車旁邊。那個晚上，珍美跟佳佳一起去看一場七點半的電影。她們看完戲，從戲院出來，珍美突然看到那輛熟悉的桔子色跑車就停在路邊，從車上走下來兩個人，一個是林清揚，一個是穿山甲。穿山甲穿了一條灰綠色的縐巴巴的連身裙，跟林清揚親暱地牽著手，朝他們這邊走來。

『是林清揚呀！』佳佳說。

林清揚大概是聽到有人叫他的名字，他看向珍美這邊。四目交投的一刻，珍美肯定林清揚也看到了她。

可他的演技真好。他就像根本不認識她那樣，從她和佳佳身邊走過，直接走進戲院裡。穿山甲倒是望了一眼珍美和佳佳，那種自信的眼神就好像以為她們是林清揚的粉絲。

佳佳生氣地說：

『呃……他竟然假裝沒看到你！』

珍美笑笑說：

『沒關係啦。』

佳佳不敢相信的看了看她：

『你不要騙自己！他太可惡了！哼！要不要過去畫花他那輛跑車？』

珍美看了一眼她曾經期待的那輛桔子色跑車，突然發現，這個顏色實在醜得不行。她為什麼那麼想要坐上去呢？

『你真的沒事？你不是喜歡他的嗎？』

珍美突然明白，她從來就沒有喜歡過林清揚。要是她喜歡過，只是她不了解他。有一種自戀的男人像他，喜歡的只是自己。所以，他才會想要迷倒身邊每一個女孩子，把她們仰慕的眼神一一製成標本來展覽。

珍美甩著手裡的包包，咧嘴笑著說：

『我戒掉他了！』
她沒想到，她戒掉的是她嚮往過的人，而且戒得不費吹灰之力。
她以為她會首先戒掉對大仁的思念，那種思念卻一次又一次在漫漫長夜來輕敲她的心門。

4

『你記住以後要戒掉「你信不信我打你」這句話。』
『習慣了很難戒。』
『男人大丈夫，說戒就戒！這句話等你拿到柔道黑帶再說。那時你才有資格說。』
大仁吃力地踩著單車爬上斜路，技安坐在後面，張開兩條手臂，叉開兩條腿說：
『喂老師！你真的要走？』
『男人大丈夫，說走就走！』
『那我們怎辦？』
『什麼怎辦？你們都畢業了。』

『你為什麼要走？你是不是給女朋友甩了？』

『你信不信我……』

『呃……你剛剛說過不准說的。』

『我是說拿到柔道黑帶就可以說。我是說，你信不信我這種人才，會給女朋友甩掉？』

『那你留下來吧。』

大仁回頭看了看技安。

『人家好感動喲，你竟然說這種話。』

技安老氣地說：

『我只說一次，不要走！』

大仁搖搖頭，把車停下。

『我也只說一次，我要走了。不必相送。你到了。』

他拍拍技安的頭：

『記著我說的話，別吃軟飯，要吃便吃硬飯！別做黑社會，要做就做社會工作！』

技安撇撇那個小肥嘴，依依不捨地說：

『你很煩！我走囉！』

大仁看著技安一溜煙的跑上樓，才掉轉車頭，把單車踩下斜路，往火車站踩去。

那天，他在唱片店裡買了珍美畫封套的那張雜錦情歌唱片，看到唱片堆得高高的，店裡當眼的地方張貼著大頭珍珍的巨型海報。

他突然明白，珍美已經不需要他了。

那個晚上，珍美在公寓外面的台階上等他。當她說：『我知道你是誰了！』

大仁以為他的等待終結了，結果卻是那樣荒謬。

漫長的日子裡，他沒敢找她。珍美一定在生他的氣，不會再見他了。

他知道，他唯有再一次往後退，退得比以前更遠一些，才可以擺脫思念的糾纏。

然而，當他踩著單車來到火車站的時候，卻看到那個熟悉的形影挨在欄杆上，已經看到了他。

大仁停下車。珍美望著他，他也望著珍美。他多久沒見她了？是這一次跟上次？還是這一年跟那一年？

難道她終於想起那一年的事？

然而，當珍美說：

『我不會叫你哥哥的呀！』

大仁知道，期待又再一次落空了。他假裝無所謂地笑笑，把車鎖好，花了很長的時間蹲下去鎖車，因為他不知道怎樣面對這張他朝思暮想的臉。

那輛單車他沒法鎖一輩子。最後，他唯有站起來，拍拍手上的灰塵，問珍美說：

『找我有事嗎？』

『沒有，我剛剛去看完奶奶，順便經過這裡。』珍美倔強地說。『你要不要去看奶奶？』

大仁告訴她：

『我過幾天要走了。』

『你去哪裡？』

『陝西。』

珍美直直地問：

『去那麼遠幹嗎？』

『我去山區教書。』

『你這邊不教？』

『我教的那一班過幾天就畢業了。這個時候離開正好。』大仁回答。

珍美應了一聲，好一會兒都沒說話，然後說：

『那保重。』

『謝謝你。你也要保重。』

珍美沒看他，只說：

『我自然會保重，還用你說？』

大仁突然覺得珍美今天說話的方式跟技安很像，可他分不出她哪一句是真心話。她畢竟比技安聰明許多。她也不是小孩子了。

珍美摸了摸他那輛單車，突然抬起頭來看著他，想說什麼又沒說，終於說：

『後會有期，我就不送你了！』

大仁只好瀟灑地說：

『千山我獨行，不必相送。』

她才知道有他在多麼好。要是大仁不是她哥哥，那多好啊。
都是好聽的歌，剩下的百分之三十沒那麼好聽，
是為了讓那百分之七十聽上去更難得……

chapter 8

沒有大仁，她什麼都不是。她卻連跟他好好道別都做不到。大仁走了，可惜，人生總有太多的『要是』，而不是像一張雜錦唱片，至少有百分之七十飛機從東京成田機場起飛已經三個多鐘頭了，珍美坐在飛機裡。她真的好討厭她自己。

她拍武俠片啊她？那天竟然跟大仁說什麼『後會有期，我就不送了！』這種話。

她根本沒去看奶奶，她是特地在車站等大仁，想看看他過得好不好。

然而，看到大仁的時候，她的嘴巴卻硬起來。尤其當大仁告訴她要去陝西山區教書之後，她突然覺得有點生氣。大仁分明是故意丟下她。他過幾天就要走了，卻不打算跟她說。

即使不是同父異母的兄妹，他們也是好朋友啊。

那一刻，珍美突然想，要是可以像以前一樣，什麼都不管就撲上去摟著他，那麼，兩個人要說的話也許就完全不一樣。

大仁去年夏天離開，都快一年了。她從設計學院畢業之後，正式當上全職的插畫師。起初她還有點擔心，沒想到發展比她想像的順利，大家都喜歡大頭珍珍。

一年來，她不但在雜誌畫插圖，還有一家產品公司替她出產了一系列大頭珍珍產品，一個日本的化妝品牌新推出的青春系列決定用大頭珍珍做商標，還有一個著名美國休閒便服要出品大頭珍珍牛仔褲。

珍美每隔兩三月就要去日本開會。當她人在外地的時候，總會更思念大仁，不知道他現在過得好不好。

沒有大仁，她什麼都不是。她卻連跟他好好道別都做不到。

大仁走了，她才知道有他在多麼好。

有他在，就有個說話的人。有他在，就有人在她畫出一幅好作品時給她掌聲，在她對自己沒有信心的時候用激將法刺激她，故意說她不行，而其實卻隨時準備向她伸出一雙臂彎。

要是大仁不是她哥哥，那多好啊。

要是他不是Gay的，那多好啊。

可惜，人生總有太多的『要是』，而不是像一張雜錦唱片，至少有百分之七十都是好聽的歌，剩下的百分之三十沒那麼好聽，是為了讓那百分之七十聽上去更難得。

飛機抵達香港機場，珍美過了檢查站，到輸送帶那邊去領她的行李。她領了行李往前走，突然看到另一條輸送帶前面一紅一紫兩個親暱地黏在一起的背影，一個紫得不行，另一個紅得要命。

除了紫衫人，有誰還會從頭到腳紫成一塊？可那個穿紅色西裝的男人是誰？那背影才不是大仁的。

珍美悄悄拖著行李走上去。

看到紫衫人的手搭在紅衫人的屁股上，紅衫人的手捏了捏紫衫人的屁股，紫衫人又用屁股撞了撞紅衫人的屁股，兩個人旁若無人的公開調情。

『紫衫人！』珍美大吼一聲。

紫衫人應聲轉過頭來，那個紅衫人也轉過頭來。

紫衫人看到珍美，高興地說：

『珍美，是你呀？我就知道只有你才會這樣叫我。你從哪裡回來啊？真巧。』

珍美狠狠地盯著他，說：

『你對得住大仁?!他去了陝西吃苦，你卻背他偷漢？』

紅衫人怔了怔，質問紫衫人：

『這個女人說什麼？原來你已經有男朋友了嗎？』

紫衫人連忙說：

『我當然沒有！』

珍美氣憤地抓住他的手臂：

『那大仁是什麼？』

紫衫人衝口而出：

『他不是Gay的！』

珍美怔住了：

『呃？你說什麼？』

紫衫人沒好氣的說：

『你不是笨成這樣吧？我一看就知道不可能不是Gay，大仁怎麼看都不可能是Gay。要是他是Gay的，就是Gay界的福音。』

珍美聽得一頭霧水：

『那他為什麼要扮成Gay？』

『哎呀……你真是！他怕你不肯讓他供你讀書，只好冒認是Gay的，和我合演一場戲。我們中學的時候都是學校劇社的。』

珍美呆住了：

『那麼，遺產的事也是假的囉？』

『哪有什麼遺產？他為了供你讀書和幫你交租，捱得不知多麼苦，又教柔道啦！又去海洋公園扮小丑啦！總之又做貓又做狗！我真是忍了很久才說出來。他要是這樣為你吃苦吃死了，那他靈堂那塊橫匾寫的一定是「情為何物」啊！』

紫衫人一口氣說完，眼睛也濕了。

珍美沒忘記那個從大仁背包裡掉出來的小丑鼻子，怪不得大仁死口不認。怪不得他那時候成天說忙，原來是為了賺錢讓她去讀書。

『他是喜歡你啊！』紫衫人說。

珍美苦澀地笑笑：

『不，不是的。』

她心裡想：

『那是因為他是個好哥哥。』

香港的十二月才開始有點寒意。珍美原本買了兩件新的羊毛衫給奶奶，是她上次去東京時在百貨公司看到中意的。可是，今天接到方姑娘的電話，說奶奶嚷著要見她。她匆匆忙忙跑出來，只記得帶新出版的《WAN WAN》，羊毛衫倒忘了。

奶奶要見她，那就是說奶奶今天很清醒，奶奶清醒的時間很短，每一次，珍美都只能盡快來。

她一進去老人院的大堂，就看到奶奶了。

奶奶朝她嘁嘁嘴說：

『珍美，你很久沒來看我了。』

珍美坐到奶奶身邊，依偎著她說：

『我上個月才來過啊。』

『你哪有？你騙我，我記性很好。』

珍美禁不住笑了，把《WAN WAN》放到桌子上，說：

『你記性比我還好。』

奶奶一邊翻一邊說：

『是你畫的嗎？』

珍美說：

『這期還有我的訪問啊。你看看。』

奶奶慈祥地摸摸珍美的臉說：

『你從小畫畫就很漂亮。』

珍美突然想起什麼的，連忙直起身子問奶奶：

『奶奶，我是不是有一個同父異母的哥哥？』

奶奶點點頭：

『誰告訴你的？』

『我就是知道。』珍美從包包裡取出她的大頭珍珍銀包來，把她和大仁一九八四年在皇后像廣場拍的那張照片拿出來給奶奶看。自從三個月前在機場見到紫衫人，知道大仁對她那麼好之後，珍美就一直把這張照片藏在錢包裡。

『奶奶，他就是我哥哥嗎？』珍美指著相片上的大仁說。

奶奶隔著老花眼鏡看了看照片：

『這個哪裡是你哥哥！』

珍美張開嘴呆住了：

『奶奶，你看清楚一點啊你！』

『我看得很清楚，你哥哥額頭上有塊很大的胎記，而且他根本不是這個樣子。這個是胡大仁。』

『是啊！他是胡大仁。』

『胡大仁。胡大仁。他有一個弟弟叫胡大義，大義滅親的大義，我很記得。大仁，大義！很好笑。』

珍美抓住奶奶兩條手臂：

『奶奶！你現在很清醒？你確定？』

奶奶氣得瞪著眼睛：

『別以為我八十幾歲就老糊塗了！』

『那大仁是誰？我為什麼會跟他一起？求你快說吧！』

『他是你同班同學，又是住在我們隔壁的。他們兩兄弟都喜歡你，你小時候好可愛好漂亮嘛！但你只喜歡大仁，成天跟他出雙入對，還跟我說將來要嫁給他。』

珍美半信半疑：

『不可能的，為什麼你說的我全都不記得？我連他的樣子都想不起來。』

奶奶從照片上抬起眼睛望著珍美，嘆了口氣，說：

『這件事我本來一直不想告訴你，反正你都忘記了。』

3

山區的十二月氣候嚴寒，晝短夜長，四點鐘已經開始天黑。大仁來這裡一年多，幾乎忘了香港的冬天跟這兒比較起來有多麼暖和。

村裡的校舍是用磚頭蓋的，就跟村民住的房屋一樣，破敗又簡陋。

學校裡就只有大仁一個老師，他教所有的科目：數學、中文、英文，還有體育。

這裡的孩子都喜歡上課，也不用大仁踩單車送他們放學，他們喜歡用腳跑。

學校只有一個課室，所以也只有一班學生，學生的年紀參差不齊，一年級坐第一排，二年級坐第二排，三年級坐第三排，四年級就坐第四排。大仁一排一排的教。

他替班上的學生每人都取了一個英文名，這裡就有大衛、約翰，也有保羅和瑪莉等等。

體育課的時候，大仁教他們柔道，墊子是用茅草鋪成的。他又表演魔術給他們看，沒多久就俘虜了每個小孩子的心。

他還答應今年會開一個聖誕派對。

他的宿舍就在校舍旁邊。在山區的生活，夏天會好一點，可以到處跑跑。到了冬天，長夜漫漫，只能擁抱著爐火孤寂地度過。

他帶來的行李只有兩個大皮箱。在這裡，愈簡單愈好。只有像今天晚上這種苦寒的長夜，他才會又被思念打倒。他從皮箱裡拿一本舊書的時候，又看到那本圖畫簿。圖畫簿上泛黃的封面沾了乾掉褪色的油彩。翻開第一頁，上面童稚的兩行字寫著：送給大仁。

這本簿是珍美送給他的，裡面每一頁都畫上了圖畫。珍美從小畫畫就漂亮。

大仁在爐火邊翻著翻著，翻到最後那一頁，那兒夾著幾張他和珍美小時候一起拍的照片，還有一疊已經發黃的Kit Kat巧克力包裝紙，是珍美畫在上面送給他的圖畫，他一直留著。

他們是鄰居，也在學校念同一班。兩個都姓胡，常常編在一組。相識那年，他六歲，她也是六歲。他們兩個都是小怪胎。他可以一整天都不說話，珍美可以一整天不停說話。他可以一整天看書，珍美可以一整天畫畫。他愛笑不愛哭，珍美愛笑又愛哭。他唱歌不錯卻不愛唱，珍美唱歌走音卻很愛唱。

小時候的珍美已經很可愛，蓄著一頭烏溜溜的長直髮，坐在他身邊的時候，頭髮常常拂到他臉上。

他們課一起上，書一起溫習，東西一起吃，有時候連覺也一起睡。

然而，那場意外改變了一切。

十歲那一年，大仁患了腸炎而住進醫院。那天，珍美急著去看他，沒等她奶奶，一個人搭巴士去醫院。

那輛巴士在天橋上撞到另一輛車，坐在前排的珍美受了重傷。她被送到急診室時，身體沒有任何表面的傷痕，卻一直昏迷不醒。

珍美本來要來看他，結果卻跟他住進同一家醫院裡。那天，大仁聽到珍美的奶奶跟他媽媽說，珍美已經兩天沒醒來了，醫生說，她也許永遠都不會醒來。

那個晚上，大仁偷偷溜到珍美的病床前面，看到蒼白虛弱的她全身插滿了維生管，就像睡著了一樣。這都是他不好，要不是為了來看他，珍美便不會受傷。

他跪在床邊握住她的小手，誠心地向上帝祈禱。他不知道他為什麼會這樣說。但他就是這樣說了。

他跟上帝說：

『只要珍美能夠醒來，她不認得我也沒關係，忘記我也好。我答應，我什麼也不會說，我不會告訴她，除非她有一天自己記起來。』

大仁沒想到，天亮的時候，珍美竟然奇蹟地甦醒過來。

大仁的禱告靈驗了，珍美張開眼睛之後不認得他，她也不認得任何人。十歲以前的記憶，她全都失去了。

大仁記得他媽媽跟珍美的奶奶說：

『幸好她年紀小，只是失去十年的記憶。』

大仁當時多麼想說，那十年裡有他的五年。

珍美不認得他，也不再理他了。

大仁答應過上帝，他什麼也不說。他害怕要是他不守信諾的話，珍美又會昏迷不醒。

那年年底，大仁的媽媽再婚，大仁跟弟弟大義只好跟著媽媽走。後來，珍美和奶奶也搬走了。

從那以後，大仁再沒有見到珍美。

大仁以為這輩子也不會再見到她。即使再相見，珍美也不會認得他。

大仁沒想到，一九九八年平安夜，他再次見到她，珍美長大了，樣子一點也沒變，唱歌還是荒腔走調。那天，大仁扮成聖誕老人，珍美不認得他。

一年後，大仁脫下聖誕老人的衣服，珍美依然認不出他。

大仁一直等待，希望有一天珍美會恢復失去的記憶。

他跟她成了好朋友，才發現自己漸漸愛上了她。既是當時童稚的愛，也是一個男人對女人的那種愛。

大仁覺得自己虧欠了珍美，想要給她補償，有一天，珍美問他是不是來報恩的，他沒法回答。

有許多次，他想告訴她，到底他是誰，話說到嘴邊又打住。

他不能夠違反他對上帝許下的承諾。

他在珍美身邊一直等待，直到如今，他不得不承認，他錯了，失去的記憶是不會復來的。

4

珍美穿著臃腫的大衣，羊毛帽和紅頸巾，坐在一輛又破又舊的巴士裡，車子顛簸地走在覆雪的路上，正往山區駛去。車上疏疏落落坐著幾個衣著襤褸、臉色黝黑的村民，偶爾說著珍美聽不懂的方言。

幸好，他們當中有兩個村婦也是去那個村的，知道村裡有一幢學校，也知道有一個從香港來的老師，答應待會帶她走那條難行的山路。

珍美終於知道為什麼十歲以前的事她全都不記得。難怪她記性那麼壞，原來她受過傷啊。說不定她原本應該再聰明些的，而不是像現在這樣，有時會沒頭沒腦。

這一切大仁為什麼不早點跟她說呢？

巴士終於到站了，珍美連忙跟著那兩個村婦走。她揹著背包，穿一雙靴子，慢吞吞的走在崎嶇的山路上。

一路上，雪停了。她儘量走快一些，以免跟丟了，她一直走一直走，不知道走了多久。

天漸漸黑了，珍美猛然抬起頭看到一點點亮光，她往前走，那些光點愈來愈近。她望見一幢房舍的模糊的輪廓，那兩個村婦指給她看，說那兒就是學校。

珍美說了一聲『謝謝』，三步併兩步的往學校跑去。

學校周圍點滿了一盞盞煤油燈。她彷彿聽到聖誕歌，歌聲愈來愈清晰。

她終於來到學校門口，裡面有光，歌聲夾雜著人聲，她奔跑進去，看到簡陋的課室裡掛了簡陋的聖誕裝飾。

一個胖嘟嘟的聖誕老人背朝著她，正在黑板上用粉筆畫一棵聖誕樹，幾個小孩子圍在他身邊看熱鬧。

珍美馬上甩掉肩上的背包，飛奔上去，從後面攔腰摟抱著聖誕老人說：

『我來了！我好想你啊！』

等聖誕老人吃驚地轉過身來，珍美比他更吃驚地發現他不是大仁。

珍美連忙鬆開手問：

『你是誰？』

聖誕老人說：

『我是村領導，你是誰？』

珍美一臉尷尬的說：

『我找胡大仁老師，從香港來的那位。』

一個小男孩指向屋後的山坡。

珍美從屋裡走出來的時候，終於看到那個她熟悉的背影。大仁跟她一樣穿著臃腫的衣服，戴著羊毛頸巾和帽子，正在雪地上教一群小孩子堆雪人。

珍美靜靜的走向大仁。想起自己是怎樣對他的。

她浪費了多少光陰啊？

是她害他一個人孤零零跑來這個苦寒的地方。

這時，大仁轉過身來，看到了她。

大仁怔住了。

珍美默然無語。

天空突然下起雪，雪片愈來愈大，珍美還是頭一回看到雪，看到雪飄在她和她愛戀著的男人之間。

她朝大仁笑笑說：

『這裡很難找啊！你那時是怎麼來的？』

大仁微笑說：

『我坐聖誕老人的鹿車來啊。』

珍美嘛嘛嘴：

『你就不能正正經經說句話。』

突然之間，王菲的〈如風〉響起。

有一個人，
曾讓我知道，
寄生於世上，
原是那麼好……

珍美手忙腳亂的在身上找，終於找到她的手機。她把手機貼到耳邊，原來是佳佳打來的。

『呃，佳佳，我已經到了啊。』

說完，她掛斷了電話。

大仁問她說：

『你換了鈴聲？』

她回答：

『早換了。』

她一步一步走向他，說：

『我什麼都知道了。』

大仁皺了皺眉頭：

『你知道什麼？』

珍美說：

『你叫大仁，你有個弟弟叫大義，還有十歲的那場車禍和十歲以前的一切。都是你的腸炎害了我。你為什麼不早說？』

大仁笑著回答：

『我……我這人低調啊我！我就是愛瀟灑！男人大丈夫，不說就不說。』

珍美只差幾步就走到大仁身邊。

大仁笑著問她：

『你想怎樣？』

『你知道的……』

『你別撲……』

大仁話還沒說完，珍美已經撲到他身上去，像樹熊一樣，兩條手臂摟住他的脖子，兩條腿在他身上攀爬。

大仁抱著她說：

『你很重啊你！』

珍美抗議：

『不是我！是身上的衣服！』

她笨重的用雙腳箝住他。

大仁抱緊她，說：

『你爬歸爬，你別掉下來啊你。』

珍美臉抵住大仁的臉，說：

『你抱緊一點我就不會掉下來，你別放手你。』

大仁問她說：

『你全都記得了？』

珍美搖搖頭說：

『全都是奶奶清醒時告訴我的，我根本不記得。失去了的記憶又怎會再回來？』

大仁臉上禁不住一陣失望。

珍美烏溜溜的黑眼睛凝望著大仁，說：

『那又有什麼關係？我喜歡的是現在的你，而且以後也不會忘記你。』

大仁臉色亮了起來，緊緊地抱好她。

『除非……』珍美說。

『除非什麼？』

大仁怔了怔：

她的臉在他臉上磨蹭：

『你把我忘掉了。』

大仁笑了：

『倒轉過來試試看也好啊！忘記的那個人好像是比較佔便宜。』

珍美說：

『我不會讓你佔便宜。』

大仁吻了她一下，神氣地說：

『我剛剛就佔了你便宜。』

珍美突然問他說：

『呃……你那次問我記不記得《賣火柴的女孩》故事裡，小女孩劃第二根火柴時到底看到了什麼。到底是什麼啊？你好像沒說。』

大仁瞧了瞧她：

『我已經告訴過你。你不是又忘了吧？』

『你猜呢？』

『看樣子應該忘了。』

『哼！我這就告訴你。』

『說來聽聽！』

雪落在他們頭上。珍美笑了，說：

『不過你要再佔我一下便宜我才會說。』

國家圖書館出版品預行編目資料

長夜裡擁抱／張小嫻著.--初版.-- 臺北市：皇冠,
2007〔民96年〕 面； 公分.
--（皇冠叢書；第3630種 張小嫻作品；38）
ISBN 978-957-33-2315-0（平裝）

857.7 96004708

皇冠叢書第3630種

張小嫻作品 **38**

長夜裡擁抱

作　　者—張小嫻
發 行 人—平雲
出版發行—皇冠文化出版有限公司
台北市敦化北路120巷50號　電話◎02-27168888
郵撥帳號◎15261516號
出版統籌—盧春旭
編務統籌—孟繁珍
美術設計—王瓊瑤
行銷企劃—李邠如
印　　務—林佳燕
校　　對—鮑秀珍・余可喬・孟繁珍
著作完成日期—2006年12月
初版一刷日期—2007年4月

謹此銘謝以下個人及公司授權本書中引用《如風》歌詞
張宇先生　十一郎先生　林振強先生
EMI MUSIC PUBLISHING HONG KONG

法律顧問—王惠光律師

讀者服務傳真專線◎02-27150507
皇冠文化集團網址◎www.crown.com.tw
電腦編號◎379038
ISBN◎978-957-33-2315-0
Printed in Taiwan
本書僅限台澎金馬地區銷售
本書定價◎新台幣240元